I Am Not
the Spare

羊乃书
作品 /
OLIVIA WORKS

作家出版社

图书在版编目（CIP）数据

我不是谁的备胎/ 羊乃书著. -- 北京：作家出版社，2015.6

ISBN 978-7-5063-8002-7

Ⅰ.①我… Ⅱ.① 羊… Ⅲ.①随笔 - 作品集 -中国-当代 Ⅳ.①I267.1

中国版本图书馆CIP数据核字（2015）第099014号

我不是谁的备胎

作　　者：羊乃书

责任编辑：周　茹

装帧设计：粉粉猫

出版发行：作家出版社

社　　址：北京农展馆南里10号　　邮　　编：100125

电话传真：86 –10-65930756（出版发行部）

　　　　　86 –10-65004079（总编室）

　　　　　86 –10-65015116（邮购部）

E-mail：zuojia@zuojia.net.cn

http://www.haozuojia.com（作家在线）

印　　刷：北京凯达印务有限公司

成品尺寸：143×208

字　　数：169千

印　　张：8

版　　次：2015年6月第1版

印　　次：2015年6月第1次印刷

ISBN 978-7-5063-8002-7

定　　价：32.80元

目录

我 不 是 谁 的 备 胎

一个人突然联系你了正常,他在找备胎;突然不联系你了也正常,你只是个备胎;有一天又联系你了更正常,你是一个好备胎;接着又不联系你了依然正常,有比你更好的备胎出现了。

做过备胎的人,多少都有些共性:奋不顾身的勇气,锲而不舍的毅力,以及自我鼓励的恒心。

江雪是我认识的备胎中,最牛的一只。

那是大学最后一年的寒假,江雪一个整天连着另一个整天窝在宿舍,昏天黑地赶毕业论文。学院的要求一年严过一年,导师的催促一浪高过一浪,压得人夜夜噩梦。她不打算接着往硕士念,学海之涯近在咫尺,就算是死去活来,也要把学位顺溜地搞到手。

大四了,学校没什么事,还没等放假,寝室的人便都早早离开,剩下每天信誓旦旦要攻克论文却不停追美剧的江雪和在附近实习的我。

好不容易挨到可以睡懒觉的周日，朦胧中，隐隐感到有股温热的鼻息不断地击打着侧脸。一睁眼，江雪掀开蚊帐爬到我床上，五官正以放大一倍的距离杵在面前。

"干吗！"我一个翻身猛坐起。

"陪我去医院好不？"

"怎么啦？"我努力瞪大糊着眼屎的双眼，把她从头到脚打量了好几遍，怎么都瞧不出来一丁点儿生病的迹象。

顶着一头乱草，稀里糊涂地跟着江雪走进医院大门，呵欠不停歇地从绷开的双唇之间蹦出来。这年头，医院比长途汽车站还挤，挂号大厅拖家带口，柱子旁有人倚着尼龙行李袋睡得正熟。

临到江雪："小妹，你挂哪个科？"

"我想查有没有怀孕，该挂哪个科啊？"

江雪轻启朱唇微吐几个字，像是电影院里划破空气的激烈配乐，一语惊醒梦中人。

她的大姨妈推迟了一个多礼拜没来，起初以为是内分泌失调，毕业论文把人逼到这般田地也不是什么稀奇事。早晨，从被窝儿里爬起来坐在床沿，江雪突然感到胃里泛上来一股无法按捺的恶心，三步并作两步奔向阳台，扶着水槽壁，呕了好一阵子。

凛冽的寒风拂过额头渗出的细汗，她踉跄了一下，扶着床弦，缓步回到书桌前，只觉头晕目眩、胸闷气紧，呕吐的冲动再一次汹涌袭来，她突然意识到了什么。

在医院大楼里来回溜达了四个小时，拿到了验血结果。

我汗涔涔地抓着江雪的手腕，江雪紧紧攥着手里的化验单，同时深吸了一口气，看那页纸寸寸展开。

一串数字赫然出现在眼前，右侧是数值对应栏，江雪的食指一行行往下滑，最后停留在了怀孕五周的表征前。

可是姑娘还单身呐，别说男友，就连前男友都没有过，说她怀孕，我宁愿相信她中了八千万彩票。

江雪跟我是发小儿，二年级，我俩都喜欢上了班里的一个男生侯磊。一周三块的零用钱，俩人都甘愿各省出一半，凑起来给他买瓶百事可乐。

半学期之后，我逐渐厌倦了看侯磊从课桌一侧潇洒地抽出可乐，咕嘟咕嘟仰头灌下的剧情。余下江雪，死守侯磊不放手。

侯磊的活动半径在哪儿，哪儿就是她的圣地。即使中学和大学都不是同一所，江雪也始终把侯磊锁在视线范围内，观察得紧紧的。不过，她总是与他保持着合宜的距离，既不疏离，也不令人窒息。

大一那年，侯磊跟第五任女友一拍两散。

江雪听闻消息，连夜坐火车撵往侯磊的城市。西北边陲，风沙肆虐，去时尚且是鲜活水灵的南方姑娘，半月后回来，风尘仆仆，像是饱经了几世沧桑。

大三那年，侯磊的女友数量攀升至两位数，江雪坐火车的次数也等量上涨。但凡她拿起钱包往宿舍东头的订票点走，大伙儿便知道，那小子又失恋了。

他更换女友像买新鞋一般随性,江雪却次次不马虎,每回都在他最低沉、最急需的时刻,像天使一般降落,嘘寒问暖,日夜陪候。

侯磊不断地拥有新欢,而江雪从来不是旧爱。

每趟归来,江雪都一头栽进方寸之间的下铺,酣睡一天一夜,醒来第一句话必定是问我借课堂笔记抄,忘我地抄个三天三夜。

IC 电话卡和火车票在她抽屉的一角积攒了厚厚两沓,我于心不忍,不知她如此伟大的蠢举,要干到什么时候。

凌晨四点,起夜,从厕所回来看江雪还在秉烛奋笔疾书,我走到她跟前,不解地问:"就算侯磊那儿是排队叫号,十几年了,怎么轮也该轮到你了吧?"

江雪把笔往本子上一搁,说:"你还不了解国情吗?插队的人太多,咱们有素质,不急不急。"

跨年夜,朋友非要听完新年钟声才善罢甘休,被迫在刺骨寒夜跟大拨人流上演出租车争抢战。好容易回到学校,推开宿舍门,屋里空无一人,连一向热衷于宅在电脑前的江雪也不见踪影。我从大衣兜儿里摸出手机给她打电话,通了,却无人应答。

一夜无梦,睡到中午十一点,撑着栏杆往床下一看,蓉城冬日难得一见的太阳,正斜斜照着江雪顺着嘴角流下的哈喇子,粼光盈盈。她面含笑意,和衣而卧,靴子都没来得及脱。

我叫了两份外卖,叫醒江雪一块儿吃,她瞅见是冒菜,立等起身。

我俩辣得嘘嘘倒吸气，想起昨夜未见她，便顺口问了句去了哪儿。她嘿嘿嘿地笑，说游乐园啊。

医院走道里，日光灯惨白惨白的，我与江雪相邻坐着，姑娘一言不发，我也不敢贸然出声。

四周大多是孕妇，姿势默契，一手从后扶着腰，一手搭在浑圆的肚子上。我心想，不管这孩子是怎么来的，江雪你可别闹别撒野啊，全世界的保安都会来把你抓起来我救不了你啊；可别哭啊，全世界的纸巾借给你都不够使啊。

江雪起身走进科室，把化验单递给医生，我连忙跟上，生怕她出什么岔子。

医生推了推眼镜："看这结果，就是怀孕了啊，小姑娘。"

"嗯。"江雪沉默着回应。

"孩子要吗？"

"要。"

南方的阴湿劲儿，无孔不入地往骨头里钻，我们互挽着胳膊，从医院往学校走，企图能从彼此靠近的身体里，获取些温热。但一切是如此徒劳，落下的雨，顺着帽檐往下淌，滴到手背，逼得人一颤。

江雪说，跨年那天，侯磊因为探望朋友，身在成都。

我没再细问，一切已心知肚明。

江雪把爱全部给了他一个人，他却把爱分给了无数姑娘，独独没有江雪的份儿。她已经排了十四年了，却还没排上号，一夜欢愉，他头也不转地回了大西北，留下江雪和一个正在萌芽、他却不知情的小生命。

我一直以为自己固执倔强，牛脾气上来谁也挡不住。但遇到江雪，才知山外有山，天外有天。我顶多是撞了南墙才回头，她则是撞塌了南墙继续朝前走啊！

得不到爱会死吗？

不会啊。

昧着心去跟另一个人相爱结婚会死吗？

会啊。

江雪一边写毕业论文一边看着肚子一天天变大，我担心她长时间用电脑辐射太强，对胎儿不好，从淘宝上给她下单了一套防辐射服。她撇撇嘴，不领情地搁在一边，等我把写着金额的发票放在她跟前时，江雪手忙脚乱地套在身上，每天都记得死牢。

毕业答辩后的三个月，孩子出生了。

全宿舍的姐妹都守在手术室外头，像守着一件价值连城的宝物。谁都知道这对江雪来说意义非凡，可没人能说完整，这意义到底是什么。

大伙儿轮流陪她坐完月子，她挥挥手："这半年来太麻烦你们了，都别管我啦，养一个孩子没那么难，我自己能应付，下个月我就去找工作。"

人人都愣在屋里，没人敢真走，江雪顺手操起鸡毛掸子："快走啦，你们都有自己的路，别在我这儿浪费大好青春了。"

姑娘一不做二不休，说轰就把所有人轰走了，可是我们都各自去实现大好青春了，她的呢？

　　此去一别，难言再聚。曾经蜗居一室的姑娘们，像几颗被老天爷把玩在手的骰子，随手一抛，便零零落落，散在四面八方。

　　江雪很少主动向我们汇报她跟孩子过得怎么样，偶尔被问起，总是那句"我能应付"，让人摸不清到底是好是坏。

　　一个二十出头的姑娘，独自拖着个孩子，没个亲人帮衬，谁都能想象，那日子的苦涩必定大过欣愉。

　　我知道她的住址，掐算着孩子的月份，隔三岔五买几件衣服或是玩具寄去。她收到了，也只潦草地回复一句收到，再加一句感谢："别买了，我快搬家了。"

　　姑娘从不讲什么矫情的话，多年的坚持，简单得像是进厨房下碗清汤面那么容易，可我多希望从她那儿听到些关于爱情的大道理，最好无限矫情，矫情得能让我胃里翻江倒海一番。

　　再之后，我出国工作了一年。回来以后，打算去看看她。

　　虽然江雪老说着要搬家，可我怎么会不知道，这不过是她不愿再给我添麻烦的托词，于是没有事前知会，便径直去了当年熟悉的地方。

　　敲门声刚落，门开了，我抬头一看，怔在了原地，闭上眼，用力甩了甩头，再睁开，唯恐是自己的臆想作祟，眼前的那张脸，依然确认无误：侯磊。江雪在后面抱着孩子招呼："是你呀，快进来，站着干吗？！"

　　侯磊接过我手里的大小袋子，局促而尴尬地笑，搁在储藏室里，说出去买些菜，江雪点点头。

门"砰"的一声扣上，我仍旧一脸错愕。

　　俩人本该同年毕业，结果侯磊又因为跟数不清第几任的女友闹分手闹得翻天覆地，没能如期完成毕业论文。抑郁与失望交织，愤怒难遏，他咬牙切齿，对着窗玻璃一拳重击，阴沉的水泥地上刹那绽开了猩红的图腾。

　　这时，他又想起了江雪，想起那个总在关键时刻如烂漫雪花飘落身边的姑娘，从裤兜里摸出手机，哆哆嗦嗦给她拨电话。

　　一遍、两遍、三遍……侯磊把手机从电量满格一直拨到没电自动关机，也没找到江雪。漫天缤纷，转眼乌有。他发疯般狂奔在校园里，风呼啦呼啦地从耳畔刮出轻微的怒吼，世界在眼前碎得稀里哗啦。

　　孩子会叫爸爸了，比别的小孩儿早好多，江雪一手抱着她咯咯笑，一手冲好了奶粉来回摇晃。她边往客厅走，边听到叩门的声音。

　　负面新闻看得多，江雪总是充满警惕，独独这回，不知是手头在忙，还是走了神，还没从猫眼往外看就麻利地把门打开了。

　　门口，侯磊拖着两大箱行李站着。

　　江雪笑了，轻描淡写地说，住到这里半年多啦，还没人在这儿过夜呢。

　　侯磊早已泣不成声，嘴无声地开合，一直重复着三个字。

　　江雪没哭，她展开双臂，用力将侯磊箍进自己的怀抱，力道大得快要压破胸腔。

　　是这样，爱求不得，喊不来，你要等，等他幡然醒悟，等他爬出沼泽，等他打包好过往的所有，从此把生命跟你合并在一起。

三人总算是团圆了，一蔬一饭，一朝一暮，日子过得不似童话，却现实得可爱，令人心生欢喜。

十六年，江雪不是先知，也不会占卜，但又像早早预料到了这一幕，于是一路按部就班，不急不缓。

她爱，爱得洒脱干脆，又爱得坚韧长情，旁人看来卑微，江雪自己从不觉得。她潇潇然地走在单恋的道路上，不亡命追逐，不妄自菲薄，不自怨自艾。

她的每个决定都让人无法苟同，可面对她，除了眼睁睁看她把伟大的蠢举进行到底，任何言语都显得无力。

刚怀上孩子的时候，我们都笑她，说这备胎可当得尽职尽责，真给侯磊备了一个胎。

江雪耸耸肩，同样也无法苟同我们，使她看低自己的玩笑话。

守在产房外头那天，中途出来一个大夫，满身鲜红，说江雪大出血，情况危急。我们来来回回买血，拿着病危通知书，紧张得抱头痛哭。后来江雪跟我说，她躺在里头，带着氧气罩，感觉到床上全是血水，头顶的手术灯，那么亮，亮得人害怕，但那光亮，逐渐变成了最明媚的目光，最耀眼的暖阳，最温煦的拥抱。

孩童到豆蔻，豆蔻到花信年华，一切都那么简单，从来都不是备胎，那就不会是，不管侯磊有没有出现在门口，都永远不是。

这种致命的骄傲，使她在喜欢上侯磊的十六年时光里，始终自圆其说，直至这股执着的力量，最终由内而外，松动了坚硬的现实。

夏哥的故事

芸芸众生对于情爱的理解千万种，你会遇到如我一般的人，也会遇到夏绮韵的同类。美好的不一定就是对的，而夏哥的生活也未必不幸福，而你，只要紧握自己的那一种就好。

夏哥是一个隐居式的女人，不管是大学时我们同住一个单元楼，或是如今四散各地，夏哥的生活都是一个谜。她跟大家总是疏离又熟稔、陌生又亲密。其实夏哥原本也不被大家所熟知，尽管到最后，夏哥也依然不是什么响当当的人物。但在朋友圈里，以及这个圈尚能波及到的一些区域，夏哥成了一个传奇式的存在。

夏哥是土生土长的上海人，整个人透着一股精致与灵气。夏哥那时还不叫哥，她有一个婉转动听、水光潋滟的名字——夏绮韵。夏哥身上有许多上海人的典型特质，她自有一套讲究格调的生活哲学。举手投足，穿衣吃饭，都有种高雅与做派。而比起一般上海人，她又少了两分浮华市侩气，多了几笔潇洒之风。

她跟我同属中文系，说不认识，其实也认识，学院一个系的新生就那么二百来号人，好看的姑娘早就在脑子里注了册，但跟她真正认识是在小珍珠组的局上。小珍珠何许人也？简单说来，是熟到可以跟我同穿一件内衣的闺密，关于她的故事，此处先按下不讲。

夏哥说话时，一定是微笑着，目光仿佛还含情脉脉。那种笑，美到让人无地自容，你跟她说着说着，就在一片温柔乡中不知不觉迷失了自我，彻底把原本想要表达什么忘到九霄云外。她的声音即使是讲普通话，也带着上海话语里的灵魂，是吴语的那种低声温婉，矜持适宜。

我跟夏哥之间如温水一般的关系持续了很长时间，让我们关系急速升温的，是我人生中最痛苦的一次失恋。对方没有任何征兆地，向我宣布了他已移情别恋的事实。像是苦心经营的公司破了产，不仅丢了本钱，还拖了一屁股算不清的烂账。

我整天在宿舍涕泪横流，茶饭不思，身边的女性朋友除了轻言柔语的宽慰，便是陪我义愤填膺地控诉世道不公、人心不古。时日虽逝，我的伤痛却并未得到半点儿减轻。突然脑海中浮现起了夏哥的存在，立马抓起手机拨通了她的电话。

"怎么，吹了？祝贺啊！人生迎来新篇章！"

"嘤嘤嘤，他劈腿了。"

"他贱呗。"

"可我放不下。"

"你贱呗。"

"他还打来电话安慰我。"

"天，你该不会以为他还想和好吧？"

"可为什么还关心我。"

"你们这些小女生才真是好骗呢，他为了占据道德制高点，贱招无所不用其极啊。"

"他说对不起，很后悔。"

"狗改不了吃屎，人家摆个姿态，求个自我安慰，你就以为他真觉得抱歉啊？"

夏哥很擅长处理感情的各种疑难杂症，力求毫不留情地摧毁患者对"假美好"的一切幻想，把所有虚伪都暴露于光天化日之下，把矫揉造作的小情小绪都杀个片甲不留。任何我们解决不了的感情障碍，只要夏哥亲自出马，三下五除二，快刀斩乱麻，绝对让人心服口服，可谓业界良心。

夏哥有句口头禅："男人的鬼话你也信啊！"因此当夏哥谈恋爱的消息传来时，聊天群里简直炸开了锅，闺密们争相讨论着这一惊天大新闻，同时纷纷好奇地猜测着，谁的鬼话终于收服了圈中第一难搞的夏绮韵。

两人很快搬出了集体宿舍，在校外小区的居民楼，租了一室一厅同居。男生叫程姚，一米八的个头儿，外形是理科男生里的翘楚，英俊帅气，眉宇间有种落拓的沧桑感。

某次，小珍珠呼朋引伴，我们一大帮人在酒吧里喝酒。夏哥带了程姚过来，烟头的火光明明暗暗打在他脸上，映出瘦削的轮廓。夏哥唇色妩媚，一袭连身长裙，身段袅袅，细高跟凉鞋，赭红脚趾精致小巧。

小珍珠高举一杯酒敬夏哥："怎么办，我真不敢相信你谈恋爱了！"

"喂，我也是普通人，也有那个需求好吗？总得找个固定伴侣吧。"清新温婉的调子说出来这些话，听起来真是毫无下流之色。

"别瞎扯，是不是洗心革面，打算从此走上贤妻良母的路子？"

"贤妻良母，想什么呢，现在家务程姚全包，洗衣拖地擦窗户，样样不落。"夏哥说这些的时候，脸上流露出一副顺理成章的神色。

"那你呢？你干啥？"

"上课、逃课、听歌、看书、看电影、吃饭、睡觉，还有，别忘了，你们这些小姑娘的情感问题，还不得由我来出面解决吗？要不要我替你翻翻你那本烂账啊？"

"别别别，所以，你想要的是家庭妇男？"

"对啊，毕业以后，钱可以我来赚，家可以我来养，我不需要他赚得比我多，只要打理好内务就可以了。"夏哥一米六五的个子，体重不到九十斤，这些字眼，铿铿锵锵地落在她瘦削的肩上。

"程姚能接受吗？"

"接不接受那是他的事，不接受明天就可以请他走人，我又不急着嫁。"

我们对她的了解显然过于肤浅，夏哥恋爱这件事并不代表她相信了谁的鬼话，不过是找了个你情我愿的人搭伴过日子罢了。

如果说我是典型的理想主义者，而夏绮韵，毋庸置疑，则是彻头彻尾的现实主义者。她一再强调，爱情与结婚是两码事，婚姻关系从本质上是一种合作关系，而爱情，则是稀缺品、奢侈品，是太高的奖赏。结婚是她下一阶段的生活方式，人人可以结婚，简单得很，可爱情，完全是另外一回事。

八卦总是朋友圈里跑得最快的谈资，在这些茶余饭后的闲扯里，有两条是关于夏哥的。

一是说程姚在家洗衣的范围，大到机洗窗帘、被单、枕套，小到手洗夏哥的贴身内衣。有次陪她去商场逛街，夏哥相中了一件白色的内衣，程姚极力劝阻她不要买。夏哥很疑惑，问为什么。程姚面有难色，说白色容易脏，不好洗。二是说有天程姚情绪很低落，找到夏哥的朋友，倾诉他觉得日子苦闷，夏哥神秘得像大英百科全书。这话后来传到了夏哥耳朵里，她听完嫣然一笑："呵呵，他当然不知道我在想什么，而且他永远不会知道我在想什么。"

我们窃以为，这种状态撑不了太久，没想到两年唰唰过去，他俩相安无事。

转眼就是毕业季，终于传来了夏哥和程姚要分手的苗头。据说原因是夏哥铁定要回上海，而程姚虽然爱她，却也没办法忤逆父母要求他回家的旨意，俩人凑不到一块儿，估计只能分道扬镳。

在学院办毕业手续，刚巧碰到夏哥。

"你俩到底分没分？"

"分啦！"

"那你住哪儿？"

"小区里租的房子啊。"

"程姚呢？"

"也住那儿啊！"

"你俩不是分了吗？"

"是啊，宿舍太脏，没法儿住，况且也没两天就撤了，搭伙煮饭还省钱。"

"那你们能和平相处，不尴尬、不伤心吗？"

"有什么可尴尬、可伤心的？大家都是摆事实讲道理的明白人，他要跟我去上海咱俩就成，他要不去上海这事就拉倒。"

如此决绝的话语，从夏哥口里出来，依旧是那股柔柔掠过的和风细雨。我没见过她生气恼怒，犀利的本性始终以一种柔性姿态展现，关键时刻绝不手软，总是杀出温柔的一刀。那一刀的锋利，肉眼看不见，落到身上才知力道。

朝夕相处两年，俩人忙活了整整三天，才把出租房里堆积如山的物品清理干净，该扔的扔，该寄回家的寄，肩挑背扛一身灰，程姚一屁股瘫在沙发角里。

"绮韵，你就不能……"

"程姚，我已经把话讲得很清楚了。你要愿意去上海，我们就在一起。你要不去，我们就各回各家，各找各妈。"夏哥早就料到他要说什么，两年下来，程姚屁股一离凳子，夏绮韵不用问，就知道他要去哪儿、去做什么。而她自己呢，依旧是程姚心里那道永远解不开的数学题。

妈的，临到头，还是这么坚决，连假惺惺的眼泪，都不肯流一滴，程姚心想。

我们约定毕业前喝一次散伙酒,地点在九眼桥的苏荷。人很多,又吵又乱,DJ拼了命地闹腾,无法无天,像是明天就是世界末日。夏哥一上来,整杯整杯干,爽快利索,劝酒像打太极掌,连绵不绝,将对手乖乖降服。

我们把自己想象成美国电影里那些婚后绝望的主妇,趁老公出差,早早哄睡了孩子,在衣柜底层找到年轻时的小片儿裙,踩着十厘米高的尖头鞋,扭臀甩腰走在夜店里,感觉一场子的年轻肉体全部供我们随意挑选,这批不行立马再换一批。实际上,我们糗得像煮久了的面条,不仅不敢跟别人搭讪,有人想来一起喝杯酒,拒绝得比谁都快。

从苏荷出来,零点已过,府南河的河风温柔得仿佛是夏哥在耳边的呢喃,隔着街就是一环路,飞车党的油门轰得大,像胃里的翻江倒海。小珍珠扯着嗓子叫:"要不咱换小角楼吧,不然喝到什么时候才能醉啊!"我看着另外几张糊满了红晕与醉意的脸,闻着从胃里泛出来的酒味,没敢吭声,夏哥一副迷醉却温婉的模样:"好啊,来啊,一人一瓶,不醉不收。"

小角楼不负众望,成功将大家放倒。几摊烂泥横七竖八、重重叠叠趴在路边烧烤摊的小木桌上,小珍珠在路边抱着电线杆子吐得翻天覆地,心肝脾肺肾都快要呕出来。

夏哥意识尚存:"今儿没法儿回去了,不能让程姚看到我这个样子,一起去小珍珠家睡吧。"

"夏绮韵,你说你一直绷着个什么劲儿呢?"有人拍着桌板问,掷地有声。

"我贱呗。"

两滴晶莹的小水珠，顺着夏哥的眼角，磕磕绊绊地落了下来。

第二天早上，酒还没醒，头昏脑涨地收到她发来的信息："走啦，小贱货们，没我的日子，记得保护好自己。男人的鬼话，别信。"

宿醉之后，头痛欲裂，我穿透屏幕看到夏哥的笑，诚恳、精明混在一起，一副深谙男女情爱游戏规则的胸有成竹样。

一年后，我在上海培训，再次见到夏哥，她已经在一家大型外企就职，干得风生水起，财源滚滚，攒钱买了辆小车，让我在地铁站口等她来接。"哔哔哔"，喇叭摁得震天响，吓了我一跳。"上车啊！"还是那个如梦似幻的声音。

"你跟程姚还联系吗？"

"一个月聊两句吧，他现在在家复习，准备考当地一所大学的研究生，他爸好像跟那边有点儿关系。"

"那你现在怎么样，有合适的吗？"

"唉哟，姑娘，你又不是不了解实情，我要的那一型不好找啊。"

某次夏哥喝多了，抱着小珍珠一边号啕大哭，一边断断续续地，吐露了隐秘的儿时过往。夏爸在夏哥很小的时候出轨，不仅带着小三跑了，还顺走了家里所有值钱的东西，临走时，留下的最后一句话是："小韵，好好陪妈妈，爸爸会来接你的，好吗？"此后再没了音信。

为了养活娘俩，夏妈白手起家，贷款开公司，早出晚归。夏哥放学没人管，就跟着她妈跑生意。为了抢下订单，夏妈不得不频繁地跟不同的男人在饭桌上觥筹交错，推杯换盏，哆着个嗓子曲意逢迎，常常喝得人仰马翻、不省人事。夏绮韵一个人坐在她妈旁边数碗里的米粒，等局散了，人走了，跟跟跄跄地扶着烂醉的夏妈，打车回家。她记得饭桌上每一个人的模样和名字，也偷翻过夏妈的每一笔订单，默默记下，哪些酒桌上拍着胸脯保证的承诺，事后却成了泡影。

"知道我为什么心疼你们这些傻姑娘，每次一看到你们被男人欺负我就气不打一处来吗？哪有那么多彼此交付的真情啊，你们倒是认真了，他们拍屁股就走人啊！"夏哥一个人躺在地板上，滚来滚去胡喊着，终于喊累了、消停了，整整睡了三十六个小时，刷新了人生纪录。

她从未在平日闲谈里，向任何人说起过这段经历，于是当故事传开以后，大家也都知趣地放在心里，绝口不提。

年少时看过了太多的人心难测，等她出落成亭亭玉立的江南姑娘，言笑晏晏，楚楚动人，身体里那颗心，却变得无坚不摧。

尤其对于男人，她始终心怀芥蒂。"他们说的话，就跟晨间的露珠没什么两样，等到烈日一来，就烟消云散了。"她用最女性的外表，武装起了最男人的灵魂。她只相信那些看得见、摸得着的实在，种种虚无缥缈的东西，感情也好，财富也好，还是把主动权握在自己手里为妙。

这么多年，我们常开玩笑说夏哥心里有病，对男人成见太深，费尽口舌想要把她的择偶观往正常轨道上拉回来那么一星半点儿。她却一直坚守着她那一套，我们无法苟同的标准和原则。一起去看电影，屏幕上出现男女主人公一番甜言蜜语，然后拥抱亲吻的画面，她是全场唯一一个哭得稀里哗啦的人。那是座美丽的幻城，有王子和公主，有天荒地老的不朽爱情，有"从此以后，他们幸福地生活在一起"的结局。但只要一回到现实生活中，她便又成了那个，程姚看来怎么也参透不了、冷若冰霜的夏绮韵。她无法解开自己的枷锁，却可以救赎身边的朋友。

醉倒在小珍珠家的那个晚上，夏哥没注意，包里掉出了一张卡片。小珍珠捡起来，大家一个传一个，挨着看过去，每个人看完都扯张纸巾抹眼角。

上面写着："程姚，记得你说过的每一句爱我，抱歉，没能对你说一句，其实，我也爱你。"

夏绮韵的字真漂亮，秀丽颀长，风姿翩翩，但程姚看不到，也永远不会看到了。

而他也不会知道，夏哥在小珍珠的家里暗藏了一个百宝箱，里面有程姚送给她林林总总的礼物，厚厚的一沓电影票，她偷偷拿走的、程姚最钟情的那瓶大卫杜夫香水，还有500G的移动硬盘，里面存着他们所有的照片、聊天记录、一起在家里听过的歌曲，通通是她不得不从生活里剔除，却永远无法在心底清空的爱情残骸。

这些东西的意义超越了程姚本身，是她曾真切爱上一个人的最好记忆，实物在，过去就在。

又过了一年，夏哥寄来请帖，她要结婚了。

"那男的怎么样？"

"不错，很听话。"

在普罗大众的爱情观里，夏绮韵的选择，绝对是独树一帜的异类。她的一意孤行，只为守护她看似刚强、实则脆弱的自我，以掩盖男人这个字眼，在长久的过去，带给她永无弥合的伤痛。

对于感情美好的模样，夏哥一直心怀憧憬，但失败的案例看得太多，她不敢去冒那个险，把自己置于将她感动得痛哭流涕的故事里。

她知道，身边的姑娘们，会源源不断、争先恐后地，像愚蠢的飞蛾，扑向爱情的火焰。于是，她固执而倔强地选择隔岸观火，并在每一场火起之后，冲上去做那个英勇的救火员。

飞蛾们围着她嗡嗡转："加入我们吧，加入我们吧，你都没见过，火焰燃起来的那一刻，有多灿烂！"夏哥从来不为所动，她知道内心要什么，且谨记着使命。

对于夏绮韵而言，还有更好的活法吗？我不知道。

只是如此活着，用她可以接受的方式，确保自己不会受到太大伤害与损失，握住一份稳当易驭的幸福，就足够了。

芸芸众生对于情爱的理解千万种，你会遇到如我一般的人，也会遇到夏绮韵的同类。美好的不一定就是对的，而夏哥的生活也未必不幸福，而你，只要紧握自己的那一种就好。

离 散

我原以为，只有那炽热的才是爱。用了这么多年，终于明白过来，不直白，不张扬，不显山露水，同样是爱，后者以更无法消解的方式，烙在记忆的沟壑里。

读中学的时候开始住校，家里不放心，被规定要每天打电话报平安；大学以后，因为日程闲忙不定，不管平时打多打少，每周总会固定一天，给家里打电话。

"你妈不在，过半个小时打来吧。"

这人不是钟点工，也不是保姆，这是我爸。

离家多年，每次打电话，默认的剧情似乎只有两个角色——我跟我妈。而我爸，就是那个毫不关心剧情进展的局外人。

有次陪我妈逛街，见一个父亲带着十几岁的女儿买衣服，出谋划策，关怀备至。我当场脱口而出："我觉得我爸根本就不爱我。"

我妈脚步立时定住，一下拽住我手腕，镜片后的眼睛瞪得滚圆："你可千万别在你爸面前这么说，他会伤心的！"

家里的厨房向来是我妈的战场，而我爸下班以后，就负责坐在沙发上，看看新闻，翻翻报纸。

早期，属于他的场景配置是一堆看过以后，铺得到处都是，懒得主动收拾的报页，外加不论何时都紧紧握在手里的电视遥控器；后来，报纸变成了书房里的台式电脑；近几年，台式电脑变成了平板电脑和智能手机。在这片他可以自得其乐的小世界里，旁边任何风吹草动，都不管不顾。他像客厅里众多家具中的一件，不言不语，但我跟妈都知道他在那儿。

我放学回家，也多半是先走进厨房看看今晚吃什么，跟我妈闲聊几句今天学校里发生的趣事，然后穿过客厅，礼节性地跟我爸问个好，就走进书房关上房门写作业。

似乎他从来不关心我在学校学了什么，跟同学关系怎样，不知道我在几班，班主任姓什么，有段时间，同事问他我到底念三年级还是四年级，他想了好一阵也没想出来。

大学以后，关于恋爱的事，他也从不过问，偶尔知晓的一些，都是因为我妈放不下心，在家里絮絮叨叨，偶尔几句，入了他的耳。

每到假期结束，学校开学，我妈都执意要送我。家里就一个孩子，我妈总习惯把我摆在极重要的位置，方方面面都照顾得妥当熨帖，即使到了大学也一样。而我爸则坐在他的小世界中心，毫不客气地厉声质问："这么大了，还要父母操心？"

无事时，随手翻开小时候的相册，发现不少相片里，都是跟我爸一同做着鬼脸玩闹的画面。尽管我早已不记得，但这些定格的证据让我一直怀疑他是否经历了命运的巨大转折，导致他变得如此寡言，捉摸不透。

某回不被他们看好的恋情，果真败在了男友劈腿上，当即觉得脸面尽失，千万不能把风声走漏给他俩。一天过去，茶不念，饭不想，日不能思，夜不能寐，终于坐在宿舍楼道里，鼓起勇气给我妈拨去电话。她接起来，刚讲出一声"喂"，我就肝肠寸断地号啕大哭。

当晚，电话又响起，来电是我妈："收拾好洗漱用品出来，我们在你宿舍楼下。"

"什么？"我急忙踩着小木凳，两步跨上阳台的水槽，站在边沿往下望。熟悉的车牌号，亮着红红的尾灯，跟我肿得像桃的眼睛一个样，靠在奄奄一息的路灯下。

重庆到成都，四百多公里，他们放下工作就一路奔波过来，快马加鞭。

自我上车，我爸就没吭声，我也不说话。

深夜的人民南路异常开阔，车辆极少，加速度带来的推背感让人松弛。那是一条贯穿成都的中轴线，笔直地伸向辽远的夜色，似乎可以一直开下去。夜风从打开的天窗漏下来，刮在脸上，像是刮着一只羽毛凌乱的鸟，疲惫而空虚，布满不知如何是好的惊惶。

我妈坐在副驾驶座偷偷给我发短信："来看你，都是你爸的主意。"

我枕着窗玻璃，目光涣散，听见轮胎与地面轻微的摩擦声，是那样深沉，隔着太多屏障，无法言说。

"没事，累了就回家。"爸握着方向盘，轻描淡写地说。

爸并不是不关心我，只是他不是情绪分担型，而是问题解决型。

当我写不好作文的时候，当我背不下来历史书上的年份、地名的时候，当我弹琴陷入瓶颈期没有进步的时候，他总是可以提出几个不错的应对方案。

为了提高作文水平，他拿着我的作文，一个字一个字地看，一句话一句话地改，揣摩着小学生的口吻。

他让我把历史书读一遍，录在磁带里，每天空闲的时候，搁在随身听里，像广播剧一样翻来覆去地听，听多了，枯燥的知识就像脱口而出的歌词，轻巧地记住了。

弹琴也是，那会儿我不过八九岁，对于乐曲情感的理解和演奏技巧的把握，都尚显薄弱。他想方设法将我弹的曲子录进音响，然后陪着我一遍一遍地回听，找出音符连缀里的瑕疵，在谱上细细做好标记。已近不惑之年的大男人，握着花里胡哨的儿童铅笔，侧着头，每一画都写得极认真，稳当当夹在五线谱的空行中间，一笔不长，一笔不短。

初三那年，他应单位派遣，要去日本做半年的访问学者。

其时，我成绩很不稳定，物理学得尤其吃力。临走之前，他主动请缨，去学校参加了一次家长会，并反常地留下来，向各科老师征询了我的情况。

开完家长会，人散了，他就站在教室外面的走廊，打电话叫我过去。那时我自知不够努力，理亏，站在他旁边，尴尬地用脚在地上来来回回踩着一些莫须有的东西。

做好了被劈头盖脸一顿责骂的心理准备，他却说："我知道，你是一个有办法的人，可以学得很好。"

以为是根硬骨头，一口咬下去却是松软香甜的棉花糖，后面那些话，我一个字都没听进去，暗自发誓，一定要争口气。

不是陪着我哭哭啼啼地抱怨，而是训练我应对障碍的能力。总会迟早独自面对问题，实打实的本领，才能使我在脱离他的庇佑时，抵得过生活的高低起伏。

每次都说着这么大了，不送不送，结果还是在我妈的坚持之下，送到学校。

宿舍是六人间，洗澡还得去集体澡堂，自习室图书馆人多也杂。大四，为了准备保研，就从宿舍里搬出去，在校外的小区找了一套房子住。

转移了大包大包的东西，我跟我妈里里外外忙得不亦乐乎。我爸就在屋里，双手插兜走来走去，这瞧瞧，那瞅瞅，像是无事可做。

过一会儿，人影也不见了，不知跑去哪儿。"兴许是去楼下抽烟吧。"我妈说。

不出几分钟，我爸手里提着超市的购物袋回来了，里面是插线板、蟑螂药和洗衣机内缸清洁剂。

保研的日子越来越近，开局很不顺，转战了几所学校，情况都不乐观。因为心理压力太大，整夜整夜地做噩梦，早上起床恶心反胃，扶着马桶干呕。我妈看了直心疼，也不知该怎么办才好。

我爸二话不说，又是四百公里，开着车赶过来。

早料到即将来临的可能又是一场激情昂扬打鸡血的动员会，我瘫在床上，像只泄气的皮球，提不起半点儿兴致。

他一走进门，看我那猪肝色的脸："不想保研考试就不去，大不了咱们找工作。没事，累了就回家。"

果然是我爸，对我知根知底，晓得我性子犟，别人说让我去做什么，我就偏不，给我台阶下，我就硬要迎难而上。

只剩最后一个机会了。"别看太重，随便去玩一把。"

考试的通知来得很突然，夜里十一点多的飞机到，第二天早上七点就得起床考试。看书看到凌晨两点，匆匆睡了四个小时，闹钟未响，就已经醒过来。

干燥的京城秋日，太阳出来得很早，亮晃晃的，穿着单衣薄裤就出门，外面却冷得像是另一个世界，夹起包就往教学楼跑，背上跑出一层毛毛汗。

颠簸又折腾，随手一试，十天之后，录取邮件"嘀嘀嘀"来了。

命运阴差阳错，不再怀抱任何希望，抛去负担放手一搏，往往好得令人震惊。

上了年纪的人大概都爱回顾革命血泪史，我妈一谈起我人生中种种难挨的关口，话里话外都是自夸。我爸就从旁听着，从不争宠邀功，但事实上，所有在我妈那儿解决不了的问题，最后都会转移给我爸，他才是游戏里的终极大 BOSS。

近些日子，我决意要不顾一切地去国外白手起家。

我妈听罢，唉声叹气，好端端一个姑娘，就这么稀里糊涂抛却熟悉的一切，赴一个未卜的前途，怎么看都凶多吉少，搬起石头砸自己的脚。

家里照例召开了民主会议，听完我一番壮志凌云的高谈阔论，我妈那殷切的眼神妥妥地投向了我爸，寄希望于他灵光闪现，甩出几条像样又唬人的理由，把我从鬼迷心窍的状态里拯救出来。

我爸也不横加阻拦，不过是提出了一系列问题，而我竟取譬引喻，怎么都能自如应答。虽然不少问题我都认为回答得有条有理，他的眼神却暗示着，那不过是涉世未深的年轻人瞎扯一通的胡言乱语。

意见不合，中间有一段争执得格外厉害，双方气焰都很盛，屋里弥漫着浓重的火药味，比赛进入到了白热化阶段，胜负在此一举。我的斗志被全部点燃，每一个细胞都揭竿起义，句句话出口都威力十足，非把对方压下一头不可。反正未来无人能说清，谁振振有词气焰高涨似乎就占据着有利地势，我爸那边的风头，逐渐弱了下去。

那一刻，让我回想起电影的慢镜头，硝烟弥漫，黄沙漫天，年迈的将士，体恤着对面年轻气盛的小将，欲说还休。在思忖之后，缓慢地放下了手中的武器。

大概他根本没想到，从小听话懂事的我，此刻会与他针锋相对，互不相让。

蠢得要命的我，以为随即而来的是胜利，却在他的眼睛里，捕捉到了稍纵即逝的失望、无奈与讶异。

这双眼睛，年轻时曾拥有通过国家飞行员测试的完美视力，这几年，要戴着老花镜，才能看清报纸上的字了。

那一线讶异，像是由内力发出来的一记攻击，反过来，一下子刺痛了我。

十秒钟以前还被连珠炮一般的声音填得密密实实的房间，突然万籁俱寂。

他重重地将茶杯往台面上一搁，仰头往椅子后背靠去，双手环抱住后脑勺，目光没再看向我。"以前不管你出了多大的岔子，爸妈能替你顶着。现在，你大了，爸妈老了，能力也一年不及一年。只怕你这一去，讨了个最坏的结果，一无所有地回来，连我们都只能眼睁睁看着，无能为力啊。"

谁也没赢过谁，剩下的全是悲哀。

我担心的是，自己永远被困在规规矩矩的范式之内，年龄一天大过一天，直到再也跨不出去，束手就擒。爸沮丧的则是，那些他用来保护我的条条框框，被我一手掀翻，折断在地，不但不认可这种袒护，还把它看作是可恶的绊脚石。而那些框框，在过去的二十多年里，一直是我行走在路上的向导。

在我二十四岁这一年，千山万水横亘在我们之间，挡住彼此的去路。他已经与人生的黄金时代渐行渐远，英雄迟暮，一切都在走下坡路，没了去闯天下的心，也掀不起什么风浪。他真正在意的就是我，自己的女儿，而这个姑娘正无可避免地成为独立的个体。相反，那个曾在幼小的女孩儿心中强大到无所不能的父亲正在退出历史的舞台，像是个多余的人。他还无法接受，我应当独自承担生活的一切热烈与荒唐的真相。

世道艰辛，他是这样过来的，受过的苦，承担的教训，丰富的经验让他一眼看穿九死一生。历史从不重复，每个人表面的剧情天差地别，抽丝剥茧之后，中心思想主旨大意又何其乏味，都是苦难多过幸福，煎熬多过欢愉。

只可惜，我们都充分地怜惜着自己的想法，成全不了对方。

自那以后，一旦提及我的打算，家里的气氛便相当凝重，而我也总提心吊胆，他们会冷不丁地再一次对我动之以情、晓之以理。

毕竟，这是我难以改变的脾性，一旦决定去做什么，赴汤蹈火也在所不辞，即使最后头破血流回来，印证了他们当初的预言，也是后话。

因为话题的禁忌，待在家里，总感觉不自在，所以临时决定提早返京。

前一天晚上，我妈刚好有事，嘱咐我负责料理我跟我爸的晚餐。临到饭点，我爸竟默默走进了厨房。

这些年，他倒也不是没进过厨房，只是下厨的次数屈指可数，总是万不得已才为之。做过的菜就那几道——番茄炒鸡蛋、醋熘土豆丝、蒜蓉丝瓜，都是标准的学院派，食材简单，做法便易，男女老少皆宜。就这区区几道菜，竟然也成了他每每提起都忍不住王婆卖瓜的代表作。

的确，在别处，我也没再吃到过口味甜咸如此完美契合的番茄炒鸡蛋，也没再见识过一个几乎不下厨的人却能在短时间内切出刀工如此精湛的土豆丝，也没想到，他能把我小时候最不喜欢的蒜融在青绿的丝瓜里，味道好得像坐上高空热气球。

那顿饭，十分钟，我俩还没怎么说话，就吃完了。

也许是没什么好说，也许是不知还能说什么。

但咀嚼之间，我吃出了他融在这一蔬一饭中的深意。

这一走，一路必定少不了早作夜息、栉风沐雨。而他所能做的，不过是让那残忍、冷酷的现实来得更晚一些，至少吃下这顿饱饭，能多几分力气，去与那些可预计与不可预计的繁难抗衡。

爸像个洋葱人，总让我觉得覆盖着很多层外壳，但耐起性子来，一直剥一直剥，剥到最里头，眼泪早就一汪一汪地流下来。

隔天去机场的路上，遇到道路施工，掐好的时间最后赶得很紧，没来得及跟他们好好道别，我就狂奔着，冲向了值机柜台。

起飞前，想起那轮莽撞的唇枪舌剑，怕是真伤了他的心了。想说句对不起，哪怕是发条短信也好，但话到了喉头，字输入了对话框，就怎么都上不去，怎么也摁不下"发送"键。

哭了一路，哭累了就朦朦胧胧地睡着，醒来已经到北京。

飞机落地，舱门打开。我一个人走下飞机，提着巨大的行李，走出机场。

从四百公里到两千公里，爸再也不能开着车，风雨兼程地赶过来了。

每次给家里打电话，都是我妈应答，就算他就坐在旁边，也很少主动跟我说上两句。不管我这边如何起伏波折，他都用无尽的沉默来回应。

脱口而出的尖刻发泄，纵如疾风骤雨，终会雨过放晴，但能说出来的，都不是深处的激荡。最辗转压抑的痛苦是怎么也说不出口的，看起来风平浪静，实则暗流汹涌。

电视里放《中国好声音》的时候，我爸期期不错过，有个从新疆来的男人，他很喜欢。嗓子不嘹亮，不放肆，每回情到浓处，极尽暗哑，歌声在那个快要冲破的临界点又被压制下去，回环往复，万分挣扎又不衰竭，很是动人。

可我太年轻，还不太欣赏得来这种好。

他跟我妈给予的，像是两条不同河流里淌着的水，一个感性、一个理性，一个热络、一个冰冷，一个给盔甲、一个给武器。

我原以为，只有那炽热的才是爱。用了这么多年，终于明白过来，不直白，不张扬，不显山露水，同样是爱，后者以更无法消解的方式，烙在记忆的沟壑里。

他对我似乎总是无话可说，也不关心在我身上发生的日常，但屡屡到了紧要的决策关头，对我的了解又那么一针见血，像是暗中派了侦探跟踪，把底细盘查得一清二楚。

后来，我注意到，为什么发的同一条微博，我妈的账号会来点两次赞。

她说："没有啊，我只摁了一次。"

难道她年纪轻轻就得了健忘症？见鬼。

回到家我才恍然大悟，我爸的 iPad 上登录的是我妈的账号，他发现那儿可以看到我的最新消息，就默默潜伏着，从信息的洪流里挑拣出我的只言片语。

每次回家，提前发短信问他："能来机场接吗？"

他定会回复："明日有事，自己坐地铁回来。"

我不抱希望地走出大厅，又总能看见他从等待的人群中冒出来，接过我手中的行李，默然不语地往停车场疾步走去，仿佛完全忘记拒绝过我的请求。

就像我每一次逞强，若是结局不尽如人意，他也不会多加指责，只漫不经心地说一句："没事，累了就回家。"

一再地在表面忽视我，却又在心底，一刻不停地在意着我。

这大概是最不怕失散的一种爱，才敢爱得如此洒脱吧。只管遥远地眺望，不事近处的关照。或者，是最害怕失散的一种爱，才会如此进退两难、亲疏交加，不因太近而造成窒息般的负担，也不因太远而疏远离间。

他并非打算置身事外，却始终保持高度的自觉，有亲历者的切身悲喜，也有旁观者的冷静视角。也许他早已参透，我们终将离开彼此，像胚胎脱离母体，像铁轨上呼啸而过的，两列渐行渐远的火车，于是，无限贴近，最终止于亲昵。

你不要哭，这样不漂亮

我们终究会告别不明所以的激流，各自上岸，野花脚边摇曳，阳光擦干水珠，风把我们刮进下一秒，步步向前，即使心中回了一万次头。

我有几次早晨下楼撞见马潇，她都小心翼翼地捧着饭盒，步步谨慎，像捧着祖宗八代传下来的宝。我大喊一声："来不及啦，我先走啦。"抛下她在后面悠悠地应一声："嗯哼。"

马潇住我隔壁，听说看上了对面那栋楼的男生甲，想用每天送早餐的路数攻陷他。那男生却一次都没亲切接见过她，马潇默默等到豆浆、油条变凉，端回来自己吃掉。

某次出了楼，发现没带实习单位的门禁卡，倒回来取，正好撞见狗血一幕。一男生给女朋友送早餐，俩人吵得天翻地覆。女生一把将早餐怒掷在地，踩了两脚就转身上楼了。

马潇刚好从头到尾目睹剧情，她轻轻走过去，把为男生甲准备的早餐塞在他手里，说："别难过了，吃饱了才有力气吵架喔。"

那一瞬间，马潇头上自带光环。

后来，我发现实习单位根本不用去那么早，每天不紧不慢地跟在马潇后面下楼，结果次次都有狗血剧情看。

男生叫高翔，生物系，一往情深爱着我们这栋楼历史系的唐婉。

每天都是千篇一律的故事重播。高翔把早餐送到唐婉面前，唐婉怒掷在地，双脚碾压一遍，决绝地上楼。然后马潇走过去，把准备给男生甲的早餐递给高翔，说："别难过了，吃饱了才有力气吵架喔。"

过了半月，剧情终于发生了变化。

前半段一如往常，女生用力地踩馒头、踩包子，洒脱地转身。到了马潇出场，眼泪哗哗往下淌："怎么办？"

高翔一愣："什么怎么办？"

马潇泪如瀑布："这是我送给喜欢的男生的早饭。"

高翔一头雾水。

马潇泪如洪流："你吃了以后，就变成我喜欢的男生了。"

这逻辑，乍一听还挺有理，仔细一想，什么跟什么啊！

高翔每天朝九晚九泡实验室，周六日不消停，马潇非要拉着我一块儿去瞧瞧，说我能给她壮胆。

第二天，她在阳台上潜伏多时，看准高翔出门，拉着我飞奔下楼，猫着步子撵在后面。等他刷完实验楼的门禁，她一个箭步上去，一掌推住还未合拢的门，跟着往里走。

马潇打着口哨庆祝胜利，被高翔狠瞪一眼，立即安静得像只树袋熊。他瞄到旁边的我，目光停留了一下，缓和些飘过。

走到实验室门口，高翔一脸厉色。马潇涎着脸说："嘿嘿，我就在这外头坐着玩儿。"

天要亡马潇，谁也拦不住。

就在高翔走进实验室的那一刻，他发现，自己辛辛苦苦培养了两个月的细胞死掉了，这意味着原计划十月完成的论文被迫推迟，遥遥无期。

马潇被高翔震彻云霄的怒吼轰出大楼，如脱缰野马狂奔在校园里，哭得梨花带雨，行人纷纷侧目。

高翔跟程姚师出同门，常伙同着我、夏绮韵、小珍珠一众人等，欢快地虚度光阴，但马潇不知道。

我揪着他的衣领走到楼道窗口，像警察押着罪犯指认犯罪事实。

望着马潇绝尘而去的背影，高翔迫于淫威，把双手努在嘴边，撕心裂肺地喊："喂，不要哭，这样不漂亮。"

从此以后，高翔看见马潇像见了煞星，掉头就走。他跟唐婉早饭接头的地方三天一换，五天一改。

每天早上，我仍旧跟马潇一道下楼。我直直往校门口走，她端着饭盒满学校巡游。在某个小树林深处，亭台廊柱旁，犄角旮旯弯，瞥见高翔跟唐婉百演不倦的戏码，就狂奔过去。有几次脚下一绊，摔在马路中央，却每每在接近地面的关键时刻，一手高高擎起饭盒。

晚上，我俩一起去开水房，我问："你知道高翔追这女孩儿追了八年吗？"

马潇噜地拧开水龙头，不屑地问："那又怎样？"

我维持着耐心："他一定要追到她，就这么简单。"

马潇冥顽不化："所以呢？"

"所以，所以个鬼咧，你在他那儿永无翻身之日！"

高翔坚持送早餐，唐婉坚持扔早餐。俩人配合默契，令人震惊。

某天，高翔战战兢兢在群里给大家发消息：唐婉说，她妈下周要来成都，我们一块儿吃饭。

夏绮韵回复："皇太后亲自出马，你可长点儿心啊。"

高翔哆哆嗦嗦继续发："那个，你们能不能在旁边坐一桌啊，我怕。"

夏绮韵回复："想得美。"

那天下午天气正好，暖熏熏的风吹得人骨头发酥，酒店顶层的旋转餐厅，临窗坐着高翔三人。

斜后方，我、夏哥、小珍珠、程姚四大金刚镇守，竖起耳朵听着那桌的动静。

唐婉她妈珠光宝气，十个指头都挂着戒指，不时摆弄着橙色披肩，唯恐别人看不见上面的 H 牌标签。她心不在焉地讲："听说你想跟我们家唐婉好，房子有吗？买在哪儿的？多少平？几层呀？带几个车库呀？车子呢？几辆？什么型号？我们唐婉少了五十万的车都不坐的，不安全，掉档次。"

高翔张口结舌，切牛排几刀下去，都没切断肉筋。

小珍珠听不下去，攥着桌巾咬牙切齿，这老妖精欺人太甚！我拧了她大腿一下，小珍珠疼得龇牙，一个轻微地弹跳，顺着我的视线看向餐厅入口。

单肩雪纺长裙，细高跟镶着水钻，搂着鸵鸟皮的手包，马潇一身淘宝高仿货，走出了奥斯卡红毯的气场。

"阿姨，您好！"她伸出手，五颗小巧的指甲上，甲油熠熠发光。老妖精斜睨她一眼，皱起眉头："你谁啊？"

她弯腰坐在高翔旁边："是这样，高翔呢……"

唐婉猛地起身："妈，别说了，我要跟他好。"

八年，抗战都结束了。

高翔八年没啃下的硬骨头，马潇轻而易举地成全了。

她优雅地起身，华丽出局。

吃过晚饭，我发短信叫她下楼打开水。她帮忙提了暖壶下来，我们一路往水房走。

我问："你今天下的哪步棋，我怎么看不懂呢？"

马潇说："其实啊，送了半年早饭，我知道，唐婉不是不喜欢他，就是始终没下定决心。她知道高翔会死心塌地对她好，好到天荒地老，就一直耍脾气。我出现以后，他们吵架的主题慢慢从鸡毛蒜皮转移到我身上。她看得出我喜欢高翔，心里的占有欲就蠢蠢欲动了。反正我已经想明白啦，我拥有不了他，可是能帮他拥有他想要的，挺好。"

我心想，那要是没你呢，以后没你了怎么办，水忽地溢出瓶口，差点儿烫了手。

一晃两年，婚讯传来，群里高呼，高翔打败恶丈母，翻身农奴把歌唱。

婚礼当天，刚下车，远远望见马潇打扮得跟女王登基一样隆重，艳压群芳。她提着五位数的豪礼，左一扭右一扭往里走。

婚礼开始，司仪煽情的手法拙劣又廉价，但看到高翔和唐婉追忆往昔互表忠心，大家都应景地掉了几滴眼泪，好歹也要假模假样地，哭一哭我们各自人老珠黄的青春。可马潇一直僵硬地绷着脸笑，表情纹丝不动。

我看她一眼："脸上打了肉毒杆菌啊。"

她带点鼻音："不能哭啦，哭了就不漂亮了。"

仪式当中，有一个环节是灯光全场随机扫，扫到谁，谁就站起来给新人送祝福。

底下宾客故作惊恐地大呼小叫，灯光停在了马潇身上。

小珍珠紧张得不停嘀咕："姑娘该不会把场子砸了？不会把场子砸了吧……"自带回响。

马潇理了理鱼尾裙的裙摆，款款起身，微微清了下喉咙，环顾全场一周。

"我们跟高翔呢，是穿着开裆裤一块儿长大的，所以对他知根知底。毫不夸张地说，从幼儿园到现在，喜欢他的女孩儿，从这儿开始排，能排到五条街外的麦当劳，再拐个弯排回来，来回三次。今天我们聚在这儿，是一起祝贺唐婉胜出了，但大家别忘了，后继始终有人。"

唐婉那边三姑六婆的脸色很难看，高翔这边掌声雷动，欢呼汹涌。

我们从中午一直吃到晚上，大家在酒店开了个套房续摊。

高翔一天下来，红酒、白酒、啤酒轮番上阵，喝得快挂了，靠着最后一点儿力气敲开房门，没走两步，直直倒在玄关。

马潇也喝得不省人事，恍惚间，听得她又像是喊又像是唱："高翔呀高翔，你是我们一块宝；唐婉呀唐婉，最好有点儿危机感。"

唱完一轮，端起酒一饮而尽接着唱："高翔呀高翔，你可知我爱你多少；唐婉呀唐婉，我要出马你吓破胆。"

这次，声音里分明带着哭腔，所有人在地上边打滚儿边闹，没人理会谁在说什么。

高翔跌跌撞撞爬到马潇身边，将她握住酒杯的手用力摁紧在地，轻轻说："不要哭喔，这样不漂亮。"

喝醉了的人以为自己说的是悄悄话，其实每一粒跳动着的空气尘埃都听得见。

马潇握住酒杯的手寸寸松了开来，万千情绪凝于五指，欲说还休。

这是他们靠得最近的一次，马潇绷着脸，嘴角用力向上扯着；高翔沉重的呼吸吞吐在她耳畔，像是她心中绵长的叹息。

她抬起另一只手，想要覆住高翔喝得红彤彤的、滚烫的脸，可是在半空僵持了十秒，又缓缓落了回去，一厘米一厘米，像最低速的慢镜头。

她说过，能帮他拥有他想要的，也挺好的，那么现在大功告成，为什么我还是看见了马潇眼里闪烁的银河。

高翔没车也没房，却又偏偏遇上爸妈都是势利眼的唐婉，全赖着马潇走的这一步险棋，扭转了局面。

有天深夜，我接到夏哥的电话："唐婉不见啦！收拾好金银细软跑啦！"

所有人都认为他们不可能在一起的时候，他们在一起了；所有人都认为他们不会分开的时候，他们却散了。

当时婚礼坐一桌的人，齐齐赶到高翔家里，轮流发言，声讨唐婉。

他坐在沙发上，平静地说："跑就跑了吧，跟着小老板不必受这么多苦，跟着我什么都得从头开始。"

所有人里面，独独少了马潇，那个口口声声谎称穿着开裆裤一起长大的姐儿们，在婚礼结束后不久，就收拾行李，离开了我们共同生活了四年的地方。

她说要回到三线小城市，跟父母好好待在一起，找份安稳的工作。然后顿了顿，说，再找个好人嫁了。

我走出杂沓人声，坐在安全通道的楼梯上给马潇打电话，拨过去，传来柔美的女声："您拨打的用户已关机。"

过去她从不关手机，因为要时刻预备着，高翔半夜打电话来吐槽唐婉的不是。

现在，她应该已经遇到了一个能让她关上手机安心睡觉的人吧，孕育出了下一代也说不定呢！想到这儿，我笑了笑，走回房间。

一年后，高翔依旧保持单身，每天认认真真在实验室培养细胞，再也没让它们死过。导师看重他，让他接着念博士。

马潇很少上社交网站，不声不响，也不知近况如何。

我由北往南旅行，车窗外晃过站名，我突然想起，这不是马潇的家乡吗？从行李架上拎起东西往下跳，站在车站给马潇打电话。

已近十二点，马潇驾着小车来接我，累了一天，沾床就呼呼大睡。坠入梦境之前，唯一记得的事是，屋里只有马潇一人，没有男人，也没有孩子。

次日早晨，我被扑鼻香味唤醒，马潇在厨房一只锅煎鸡蛋，另一只烙饼，两盘炒时蔬已经摆上餐桌，锅里还咕嘟咕嘟熬着粥。

我睡眼惺忪地倚着厨房门框："哟，现在早餐规格比那会儿提升不少啊！"

马潇一边盛粥，一边笑着说："当然，自己的胃都温暖不了，怎么去温暖别人？"

我不确定她是不是知道高翔的事，但想想还是算了，于是矢口不提。

空气里的尘埃已经落定，就不要再任性地扬起波澜了。

吃罢早饭，我要继续赶路，她未多加挽留，将我送到车站。我们相拥告别，把对方使劲箍在怀里，像当年我送她离开成都时一样。

拥抱时，她俯在我耳边说："我知道你一直想问，其实没关系的，我早就知道了。我不后悔爱过他，也不后悔为他做的一切。他很好，但不是那个可以让我煮一辈子早餐的人。"

我们终究会告别不明所以的激流，各自上岸，野花脚边摇曳，阳光擦干水珠，风把我们刮进下一秒，步步向前，即使心中回了一万次头。

离开青春的记忆，马潇没哭，她活得很漂亮。

铁 血 友 情

在最深的黑暗里，我跟糖豆涉过急流，越过险峰，在路线庞杂的迷宫里辨识着出口的方向。

流言蜚语没能淹没我们，挑拨离间没能割裂我们，以一敌百没能斗倒我们。可怕的是，我们默契得连小吵小闹都没有过，搞得那些自以为会把我们毁灭的人，都觉得难为情，完全没有存在感。

糖豆神情凝重地把我拉进教室后面的工具屋，一种不妙的预感从脊梁骨腾地蹿起。

她缓慢而深长地吸了一口气，那口气仿佛从脚趾尖，一点点地回抽，经过脚掌、双腿、腹腔、胸腔、脖颈，聚成一股湍急的气流，从鼻腔里泻出。

"以后，每天我们俩一起上下学。"

"那？"

"她们，不跟我们一起了。"

"发生什么了？"

糖豆的双眼比喉咙先哽咽。

"她跟他在一起了。"

"什么？"

她们，是两个在高中前两年，跟我和糖豆关系铁得毋庸置疑的死党，每天形影不离。

他，是我的前男友，她的现男友。

他跟糖豆也熟识，在篮球场瞥见她，那时，我们四人吃完晚饭，正在操场上遛弯儿，当晚便找糖豆要了她的电话。糖豆完全没多心，她觉得，她决计不会是他喜欢的类型，于是，放心大胆地将那串数字发了过去。

没想到，这两个不同星球的人，现在阴差阳错要上同一条船。

女人之间的友谊，始于讨厌同一个人，止于喜欢同一个男人。

糖豆知道，同一时间从我身边夺走两样挚爱，实在太残忍，这其中，兴许也有她的无心之过。

逗趣的是，他当初跟我在一起，也是糖豆一手撮合。聪明如她，早看穿我们的眉来眼去，却谁都没捞得那份坦然，讲破隔在两人之间，薄薄的一句话。

她擅长短跑，于是自掘坟墓，说要跟他比跑步。教学楼是中空的环形建筑，谁先跑完一圈，谁就赢，输的人必须完成对方提出的任何要求。

他同意了。

全班都从教室里跑出来看热闹，因为心情太过急切，甚至有人手中还紧握着正在做的习题册。糖豆摩拳擦掌，笑里写着"必胜"二字。

哨声一落，风驰电掣。她如一枚勇猛的炮弹，从弹筒里发射出去。每日梳得齐齐整整的刘海儿，在拼尽全力的奔跑中，被风瞬间掀翻，马尾左一晃右一摇，兜出狂野的弧度。眼看终点将近，糖豆势在必得，人群的欢呼从天井里涌出去。突然，糖豆不见了，一声凄厉的尖叫同时传来。

她在男厕所门口一脚踩滑，摔了个仰面朝天。

欢呼在短暂的真空状态后散落成哄笑，打赌终结为一出闹剧，但仍旧换来了他的表白。

按糖豆的理论，像我这种人，根本不适应地球的生存模式。

口无遮拦，不懂得低调掩饰，所有情绪都赤条条挂在脸上，且无条件相信任何人，属于被人骗，还帮着人家找借口的没心眼儿。

我总以为，既然彼此称之为朋友，甚或闺密、死党，定会共同保守些一针见血，甚至言辞稍显过激的吐槽。可怖的是，有些人在大大咧咧、没心没肺的表象之外，内心却藏着一本明白账，日后想要决裂，都是要一笔一笔，慢慢算的。

她有句话总结得很对，在《甄嬛传》里，我绝对活不过第五集。

就在工具屋事件以后，我开始隐隐感觉到某种不对劲，那种别扭源自原本跟我关系尚可的同学，像是知晓了什么秘密一般，对我开始产生的戒备。

疏离像是病菌一般，迅速传开。

曾在《动物世界》里看到过冬的羚羊渡河，平日里显得温顺灵巧的生物，铆足了劲，奋力泅渡。河水冰冷，它们必须尽可能快地攀上对岸。在这场生存游戏里，如果不踩着同伴的尸体上岸，就会成为别人的垫脚石。时间不多，生之本能让它们不计一切，抛却情感与理智。

我能看得出，架在糖豆肩头的选择。

她站在水深火热之中，透彻地观察着事态进展，一边是声势日渐浩大的群体，一边则是我孤身一人，临崖独立。

我知道，她有难处，并且跟我不同，在对峙之时，不会选择奋不顾身，玉石俱焚。

糖豆和那两个女生耍嘴皮子的功夫远远高过我，损起人来，不费吹灰之力。嬉笑怒骂，快言快语，用重庆的方言讲，都是"直肠子"。

我以为能跟她们一样，说想说的话，无须任何粉饰，甚至因为分享私密的见解而觉得给友谊加了固、上了锁，似乎分享的秘密越多，关系就越牢靠，谁不是绑在一根绳上的蚂蚱。

直到覆水难收，我才知道，我们不一样。

她们是无所求的，平凡无虞地过，万事大吉，那些碎言碎语不过是些茶余饭后的闲食，无伤大雅。可我不是，骨子里的好强消停不了，蠢蠢欲动，面前永远有更高的山峰。追逐便意味着竞争，意味着如何在僧多粥少的局面之下，抢得那杯羹。面对利益，不择手段的人，便会将每一个从我嘴里吐出的犀利观点，在口口相传之中，夸大变形，甚至添油加醋，无中生有，最后变作把柄，将我置于死地。

敌人毁灭不了，陌生人伤害不了，而朋友一旦反目，则刀刀直戳要害。

那本应是年少时，最赤诚的信任，一旦被成人游戏规则介入，先变质的心，就会蚕食掉固执地笃信人皆善类的生物。

除了糖豆之外，一切都变得不咸不淡、不冷不热。

年少时的孤立不掺杂一点儿水分和情面，不会有人想到，给别人留余地就等于给自己留余地，放别人一条生路也是给自己一条退路这种高深的道理。我不喜欢你，就要大张旗鼓地发动最广大的人民群众来讨厌你，代表月亮惩罚你，代表宇宙消灭你。

而我根本无暇顾及，那可是人人自危的高三，恨不能变成一架永动机，成天不知休止地连轴运转，转进别人的期望，自己的梦想，还有各种想要在这场战役里得以彰显的情绪。

破损的关系，如果没等到合适的时机，任何填补都是徒劳。

我把所有的赌注都放在了高考上，至少在这件事上，若是能完美收梢，也不失为一次潇洒的谢幕。

苦行僧一般的生活，凌晨两点睡，早晨七点起，若是困了只容许自己在课桌上打十分钟的盹儿，上厕所也掐着表，嘴里叨叨咕咕地默念着刚刚复习的古诗词。除了中午去食堂用五分钟吃完一餐饭，早餐和晚餐都是提前买好的面包和牛奶，这样，就不必因为吃饭而耽搁复习和做题的时间。周末，住读的学生都回家了，我竟也不知从哪儿生出的天大胆量，敢一个人住在一整栋空无一人的宿舍楼里学习，没有一丝恐惧。

风扇摇摇地转，新买的习题集不断累加着书堆的高度，废弃的笔芯攒成一把，有三个手腕粗。

没人跟我说话，我就不说话，我也不需要说话，我有清晰可见且单一的目标——考最好的大学。

生活简单而充实，朝着目标跑起来的时候，会跑得很快，只能听到呜呜掠过的风声，杂沓人声被自动过滤屏蔽了，快乐而满足。

然而，在连续三次诊断考试，成绩都一路高飞的情况下，我却砸在了一锤定胜负的四十八小时里。砸得粉碎，砸得稀巴烂，就像那年夏天，举国震惊的强震，灰飞烟灭，一切夷平，化为乌有。

半年前拒绝保送清华的事，人尽皆知，而现在，能被什么大学录取还是未知数。

高考前一个半月，我患上一种奇怪的病，莫名其妙头晕，闭着眼、睁开眼，墙都在转。心跳格外用力，像是有个粗暴的神经病在捶打着左胸腔，喊着："放我出去，放我出去。"这让我无法集中精力记住历史书上的年份、人名和事件，更无法直视地理考卷里所有公转自转的题目。

爸妈带我去了最好的医院，做完各种检查，也找不出一项表现异常的身体指标。医生得不出病因，被我逼问得没办法，只能随便找个理由，说是脑供血不足，开了一堆安神益气的药，算是种心理安慰。

一日三餐，我都得多花三十秒，吃下一把药片，再喝一管口服液，但无济于事。症状并没有得到减轻，反而雪上加霜，坐在椅子上看书不到半个小时，腰以下的部分便会滞重胀痛，酸得动弹不了。

恼人的身体状况就这样一点点瓦解割裂着我，我感到自己在游戏中的角色血条不停地减少，试尽所有招数都回不了血，直到最后一门考试，交卷铃尖锐地撕裂空气，血条的数值停在零上。

Game Over。

我收起笔和准考证，站起身，知道绝对完了，一切都结束了，没人信以为真。他们把我的抱怨看作具有中国特色的好学生用来自谦的常规伎俩，"我什么也没复习""我选择题做得一团糟""我这次真的考得不理想"，谁信谁犯二。

班主任通知大家回学校领成绩单。

考得好的，装作不经意地将那页纸随性地拿在手上，巴不得被所有人看见，换来一句恭维的祝贺；考得一般的，往往自己看一看，就对折起来放进书包，思索起沉重的人生；考得不好的，大力在空中狂热地挥舞着，这是他们终于得以摆脱学生生涯的宣言书。

那些本以冷脸相向的人，在听闻我意外落榜的消息之后，纷纷带着假模假样的慰问和关心，围拢我。我能想象得出他们的惊喜，想象得出他们纵情快意地言说着我的悲剧。

人群之中，我脸色青灰。尴尬、惭愧、无地自容，说不清道不明的复杂情绪像是辣椒油进了眼，辣得我抬不起头睁不开眼。

糖豆不知从哪儿突然钻出来，不顾那些话音未落的问题，一把拉起我往外冲，像是武侠片里半路杀出的侠义女子。

我们相约去散心。

飞往台湾的航班，装满了我痛苦的绝望，这种绝望来得之深、之强，轰灭的、掩埋的，是在面对背弃，如临深渊，孤傲决绝，咬着牙掐着肉，自己跟自己较着死劲儿，换来的一败涂地。

生活如常，依旧美好，我并非一无所有，但不管如何尽力拼凑欢喜，也凑不出快乐的模样。她知道，比起考试的失利，真正戳中我心脏的，是人心的暗淡。

第五天，强台风过境，大巴在苏花公路上刚走了半个小时，就被落石、断树与塌方拦腰挡住了去路。导游紧急联系着解决方案，大家开始坐不住，接二连三地下车透气。空气抢着咸腥的海风，瞬间清醒了我的昏昏欲睡。浪急潮涌，低沉的咆哮自海底泛上来，来势汹汹。导游放下电话，突然瞄见脱离大部队的我，大叫："别往前走！危险！"说时迟，一个巨浪越过栏杆，劈头盖脸打过来，我下意识一把抓住马路栏杆，往后跟跄了两步，海水进了眼，灌满口鼻。鼻腔的酸胀，卷着海水的苦涩，我歇斯底里地哭了出来。

糖豆冲过来，扯住我的衣角。

"你他妈傻呀，见人就把一颗心掏出来呈上！你他妈不知道到最后这颗心遍体鳞伤，你就没办法爱真正值得你爱的人了吗！"

高考失利在学习上带来的信心受挫在进入大学之后，很快得到纾解，我可以不那么拼命，就考到系里的第一。过去的伤疤，用新的胜利来祭奠，痊愈得尤其迅速。

但在待人处事方面，糖豆发现我迷途不知返，坠得如此惨痛，却依旧几十年如一日，本性不改，心直口快，还一直跌进一个又一个坑里，每次都伤痕累累，从未计较过粉身碎骨。

有段时间，微博上盛传一条鸡汤段子，第一个人从你这儿得到的是一满杯水，但因为伤害而学会了自保，于是第二个人只能得到百分之七十，第三个人就只有百分之五十。可是在我的世界里，不管是朋友还是爱人，都完全行不通。谁来，只要我认定了，得到的都是百分之百。

糖豆一直怀疑我身体里的那些真善美应当早就被透支了，却没想到，它们蓬勃而旺盛，生生不息，复原的速度赛过田野里生长的麦茬。始终热忱，满怀希望，对看中的人和事，都同样炽烈，爱就是爱，厌就是厌，绝不半推半就，含糊其辞，而一旦被欺骗，便绝不回头。

生活剧烈地干预着，不乏暴烈、粗野的手段，想要施加破坏，在无声无息之间，绞碎某些东西。

但那些污浊下三烂，从来没在我这里留下一丁点儿痕迹。

对于一段时期的客观审视，有时必须建立在告别之上。于是，我们在大学以后才再次谈起了高中的那次变故。

当我问及她如何应对心头抉择时，她说，没有抉择，只有原则。原则便是，对于那些不喜欢我的人，仍旧可以是朋友，毕竟只要不涉及三观底线，完全可以求同存异，和平共处。但心底里，却早就设立好了禁区。

因为她知道，这些人，即使现在似乎对她无害，但日后在关系到利益纷争的事情上，一旦双方站在利益的两个角落，他们都具备做出落井下石之事的可能性，因此这些人，绝不能深交。

“难道就没有人非要让你跟我划清界限吗？”

“有啊，试探过几次口风，就消停了。”

“我知道你会死心塌地对我的。”

"我呸，别拉我后腿了。"

也许是太多次的劝说无效，糖豆逐渐习惯并接受我那种不收敛、不按捺、不奉承也从不惧怕得罪谁的做法。我的软肋，她心里一清二楚，知道那些地方即使受过千次伤，也不会生出茧来，抵御再一次的侵袭，这让她始终担心，我对人不长心眼儿，会轻易暴露自己，若是遇人不淑，便后果惨痛。因此，她常有事无事地戳一戳我的软肋，以提醒我，小心防备。

比如，她知道我自尊心强，受不得别人看低，就在我面前，大批量供应批判鄙夷，冷水一盆接一盆，泼得洒脱又利落。

在她嘴里获得称赞的难度，约略等于打麻将连胡十次清一色小七对。

她越是这样，我就越是拼了命想要获得她的认可。

有段时间，我瞒着她做一个项目。中间接连不断的困难超乎想象，感觉是快死了一次好不容易才又硬撑着活过来。事成那天，我得意地拿着成果，站在她面前。

想来这样，如果她狗嘴里还吐不出象牙，也是彻底服了。

糖豆听我把牛吹到天上去，一脸不屑："干吗之前不告诉我？"

"一开始我也觉得不靠谱儿，这不战胜九九八十一难，来跟你老人家汇报成果嘛。"

"傻×，比起你飞得高不高，我更在意你飞得累不累。"

好多年就那么忽然过去，短到感觉只是邻座的老太太打了个嗝儿。

这么些年，像是一本陈年剪报，厚厚实实，根本不想翻，但里面的每一页，都能倒背如流。

在最深的黑暗里，我跟糖豆涉过急流，越过险峰，在路线庞杂的迷宫里辨识着出口的方向。

流言蜚语没能淹没我们，挑拨离间没能割裂我们，以一敌百没能斗倒我们。可怕的是，我们默契得连小吵小闹都没有过，搞得那些自以为会把我们毁灭的人，都觉得难为情，完全没有存在感。

时间把我们在对方面前剥得一丝不挂，彼此的底牌都看得一清二楚。

就在高三回校领成绩单那次，她一把将我从人群中拽出去后，我俩沿着应急通道的旋转楼梯，爬到了教学楼的天台，蓬松的云朵软绵绵的，罩在头顶上。

"听说过'一七二定律'吗？"

"什么？"

"这个世界上，有百分之十的人，不管你做什么，成功也好失败也好，他们都讨厌你；百分之七十的人，根据你的行动和状态来改变他们的看法，一会儿路人转粉，一会儿粉转黑；不过，有百分之二十的人，不管你怎么样，他们都不会离开你、放弃你，是你人生中不散场的啦啦队，皮筏艇上的救生衣，皮包内侧的防狼喷雾，汽车前座的安全气囊。"

"我知道，你就是我人生里的百分之二十。"我佯装天真，歪过头靠在她细窄的肩头上。像大多数的蜀地姑娘，她的身板娇小柔弱，是男生一眼看上去就燃起保护欲的那种。

"去去去，哪来的自信？这么多年你还没看出来我是那百分之十啊。"

每一段考验都像火焰，噼里啪啦烧掉那些无稽之谈，留下真金一般坚实的后盾。

两年前，我们认识的第九年，相约写下些东西留作纪念。在一顿胡搅蛮缠之后，我如愿收到了糖豆的一篇长文，一看标题我就觉得，姐们儿又要放大招了。

全文如下：

你以为你知道，知道你妹啊！

我说过，除了墓志铭，我不会给你写其他任何矫情的文章。

你只知道昨天晚上十一点半，我说电脑没电了于是要洗洗睡了，但是你不知道，我早就决定要睡在床上用这个连智能机都不是的烂夏普，一个键一个键地按完以下每个字。

你只知道初一报到那天，睡在你对面床上的女神经是个很奇特的人，但是你不知道，在同一天，你对面床上的女神经觉得你是个必成大事的人。

你只知道我好挑食，不吃这不吃那，但是你不知道，在你潜移默化的影响下，我能接受的东西已经比小学多了起码百分之五十。

你只知道在初三以前，不止一次听你说起，你妈老是拿我跟你比较，说为什么同样是没命玩儿，我就可以把成绩玩儿好，而你就偏偏比我差一点儿。但是你知道，其实我一点儿也不喜欢她这么说，因为我好怕你讨厌我，不跟我玩儿了，我宁愿不当那个传说的"政史地小天后"（至于后来你的逆袭，此处撇去不谈）。

你只知道初三毕业以后，我给你写了好大几页同学录，但是你不知道，我那个晚自习是如何把它哭着写完，最后晾了晾才给你，因为怕你看出纸上水汪汪的，嘲笑我。

你只知道我们初三毕业旅行去过上海的南京路，但是你不知道，去年夏天我住在南京路，依然清晰记得当年我们走过的轨迹、逛过的店，甚至试过衣服的牌子。

你只知道在高中分班以前，我们四处央求老师把我们分在同一个班，但是你不知道，最后确定下来的时候，我真的比拿到那两千五百块钱奖学金还高兴。

你只知道那年圣诞节我送了你一个让你激动了好半天的姜糖饼干房子，但是你不知道，那并不是圣诞礼物，而是我因为对你感到愧疚而做的一点点补偿，或者说自我安慰。

你只知道我们因为那件事，在工具屋里锁起门来哭了好久好久，但是你不知道，在之前的政治课上，我就已经因为她们俩写给我的一封长信而哭得上气不接下气，只不过前一次是为了我们四个，后一次仅仅是为了你。

你只知道在我们高考失利之后，都很不开心。但是你不知道，我的不开心中，有很大一部分是因为你，并不是在意你是不是去清华北大，而是看到你因为没有去那里而不开心，我也就很介意这件事了，这个逻辑你懂的。

你只知道我们高三毕业旅行在台湾嗨得有多爽，但是你不知道，那一次，我有多么刻意地记下和你在一起的感觉，因为我知道之后的时间，甚至一辈子，我们都不会再有一个六年，可以天天厮混在一起了。

你只知道我一路陪着你经历了除了小学之外所有的坎坷，但是你不知道，我看到这一切，他妈的多憋屈！真想甩你一耳光，说，你个宇宙无敌大傻×！

你只知道我是你的智慧锦囊，但是你不知道，我有好多东西都是从你经历的事情里学到的。

你只知道我几乎没有表扬过你，但是你不知道，我总是在别人面前表扬你。

你只知道我一直都和你在一起，但是你不知道，这些年来，有多少人想拆散我们两个，你说我是不是很坚挺。

你只知道我说你的女儿叫"奶子"，你说我的女儿叫"月子"。但是你不知道，我已经计划好，我的儿子要叫"瓶子"，而你的儿子要叫"被子"。因为这样，当奶子哭的时候，有瓶子接着；当月子难受的时候，有被子罩着，就像我和你。

你只知道这封信除去空格只有一千多字，但是你不知道，这已经是第四次输入了。

昨晚用手机写过三次，因为手贱，前两次分别在五百多字和八百多字的时候，碰到了退出键。第三次，一鼓作气写了一千四百四十四个字，在两点十分的时候发送失败，又什么都没了。于是在这七个多小时之后，选择用电脑复述按得我指甲生疼的所有文字，除了这一段。

你只知道我们会彼此陪伴，一直走下去，但是你不知道，前面的路究竟还有多长。

终于，这个问题我也不知道了。

我只知道，2002年的初冬，在红育坡顶上旧旧的女生宿舍，熄灯以后的116寝室6号床，我趴在那儿，很认真地，对着黑暗中的你说："嗯，放心好啦，我会管你一辈子。"

九 回 爱

可是谁又能真正理解谁呢？每个人都是一座孤岛，我们想要跨越海洋，连成一片群岛。却连从这座岛游到那座岛都游不好，不知如何顺利抵达对方、了解对方、深入对方，也不知如何把这两座孤立的岛联结起来。

小时候，小区住的几个一般大的小孩儿，放学以后老站在楼下，赖着聊天不上去。我们总是有聊不完的话题，在办公室偷听来的老师之间的八卦，偶像剧里面颜值破表的男主角，还有自己偷偷喜欢的男生，直到大人下班回家，气鼓鼓地瞪着眼问作业写了吗，拎着衣领，一个个往回揪。

晴佳跟我关系最好。她五官不算漂亮，但从小学乐器，钢琴弹得行云流水，小手在黑白键上跑得飞快，书也读得多，气质跟同龄人总有点儿不同。看上去高冷，其实特别容易接近。

晴佳的家教很严，周末跟同学出去玩都不被她妈批准。人就是这样，在某方面被压制得越厉害，越是可能出现反弹性的叛逆，晴佳在感情上的表现就是明证。

她情窦初开的年纪，比同龄人提前了整整五六年。

姑娘两年前结婚，刚好集齐八枚前男友，召唤神龙绰绰有余。

晴佳是在我念小学五年级那年，因为父母工作调动才转学来的。刚来的半个月，谁也不认识，独来独往很孤单。

坐她后排的男生，老叫她毛毛虫，毛毛虫呀毛毛虫，清早出门找小虫。翻来覆去地叫，叫完也不说别的，像网页上关不掉的弹窗，一个接一个地冒出来，令人生厌。晴佳敢怒不敢言，那男生是年级的级霸，重点是长着一张帅得不像话的脸。尽管我们坚持认为，看人只看脸太过肤浅，但同时又乐此不疲地享受着这种肤浅的快乐，从不改变。

翻年暑假，所有人都看了同一部台湾偶像剧——《流星花园》。

因为住在一个小区，我跟晴佳的关系变得很近，但事情的转机也恰恰因为这部剧。

对《流星花园》男主角的喜欢基本上分作两派，道明寺和花泽类。晴佳疯狂迷恋上了道明寺，而后排男生就那么凑巧，符合了晴佳对道明寺的全部幻想。从此以后，他每天早上都准点到达小区门口接晴佳，帮她提书包。我则远远地跟在后面，以坚决不当电灯泡的高度思想觉悟游离到了晴佳的生活边缘。

晴佳成了能一手遮天、呼风唤雨的"大哥的女人"，头一回见他手下"马仔"们的时候，她去了一家精品店，花了一个月的零花钱买了假的指甲贴。她没见过真的大哥女人，但感觉港片里头，都长发卷曲，留着一手漂亮的指甲。她把指甲贴贴好之后，猩红猩红的。

晴佳的内心是渴望去冒险的，她觉得跟着后排男生是要去出生入死，这个颜色兴许很适合。

大伙儿都不敢得罪晴佳，因为大哥会替她出头。想要俘获小学女生的芳心，只需要让她们吃得上学校门口小卖铺最时兴的零食，为她打几架，就八九不离十了。

晴佳的保密工作做得谨慎到位，父母完全不知道她在学校里已经荣升为"大哥的女人"了。要知道，非得把她脚打断不可。

后排男生很享受打电话到晴佳家的偷偷摸摸的快乐。那个年头，唯一的通讯方式就是家里的固定电话。男生在电话那头胡扯一通，晴佳紧张得不行，在电话这头结结巴巴地说着，今天家庭作业是第几页第几题。旁边坐着一脸怀疑的爸妈，问："到底是谁啊？叫什么名字啊？听力有问题吗？为什么每次都打电话来问作业？让他爸妈带他去医院检查检查啊。"

晴佳支支吾吾："嗯，对，他就是耳朵不太好使。"然后涨红了脸走到书桌前继续写作业。

临到考试，成绩优异的晴佳回回都是后排男生及格的希望。他总是先睡过去四十分钟，等晴佳把试卷做好了之后，把答案写在小纸片上，揉成豆大的纸团扔给他。

晴佳骨子里头仍是遵纪守法的好学生，内心饱受进退两难的煎熬，要么是可能被校级处分的风险，要么可能不再是"大哥的女人"。

　　她想了想，还是面子比较重要，输人不输阵，她还想去小卖铺买酸辣粉的时候，老板能因为后排男生的缘故，一如既往豪情地多给她添一把海带丝。

　　有一回，老师看到男生俯身捡纸条了。晴佳的心刹那提到了嗓子眼儿，她感到一阵突如其来的眩晕，人生就要止步当前的幻灭感席卷而来。老师越走越近，男孩张开嘴，把纸团往里一丢，直接咽下去了。

　　果真是条汉子，晴佳觉得自己没看错人。

　　回忆起来，小学像是人生中最漫长的一段时光，集不完的可口可乐球星卡，吃不完的干脆面，校门口的麦芽糖从两毛涨到五毛。一年级到六年级，每一步都像人类进化般艰难，以至于所有人到了六年级以后，脸上都写满了媳妇熬成婆的沧桑。

　　毕业那天，晴佳难过地跟后排男生说，她要去市重点念书了。而男生因为成绩差，只能根据户口划定的辖区，就近入学。

　　"我们会变成不一样的人。"晴佳说。

　　怎么不一样，她也说不清，但就是不一样。

　　晴佳刚进初中第一天，就让所有人都记住了她。不是因为长相或成绩，是因为她被后排男生养得大鸣大放的性情。

　　刚到新环境，大家都骚动不安，前后左右搭话，你家住哪儿，哪个小学毕业的，噢，我知道那儿，我有补习班的朋友在那儿读书，你认识谁谁谁吗。

　　自习的时候老有人讲话，晴佳憋不住了，逮着一个声音最大的就把气往出撒，哪知她下手的对象也非善类。俩人分别提着对方的书包，站在四楼的教学过道上，把手伸出栏杆，随时都要往楼下扔。

我也考上了同所学校，被分在隔壁班，跟糖豆一起溜出来上厕所，刚好看到剑拔弩张的一幕。男生在起哄，女生在窃语。晴佳根本不示弱，先放了手，"砰"，书包着地。男生也恼羞成怒，把她的书包扔了下去。

不打不相识，后来，他们就在一起了。

我总感觉，这个男生是后排男生风格的延续。晴佳多少还是留恋那个叫她毛毛虫的男孩儿的，即使他们的人生道路已经分岔，并将越离越远。

晴佳跟恶作剧男生的结局竟然跟三年前大同小异。她毫无悬念地考上了本校的高中，而男生要去五十公里外的学校复读，再准备一年中考。

成绩的分野把他们刮到了河的两岸。

选秀节目正盛，晴佳被老师挑中担任全校歌唱比赛的主持人。

听别人说，去年拿冠军的是个情歌王子，今年卷土重来。她边写串词边想，有个会唱歌的男朋友也挺好。

冠军火力全开，梅开二度。

比赛结束后，他被簇拥在舞台中间，尖叫着的粉丝冲上来跟他合影，索要签名。她走过他身边，微笑着祝贺。他凑近她耳边，问她要电话。

哪个女孩儿没在心里做过被王子垂青的公主梦？

他们只在一起短短两个月，男生给她录了很多歌，把能搜罗到的浓情蜜意的歌曲全都唱了一遍。晴佳却发现，她跟他在一起，是极为盲目的。她被他的歌声和光环吸引，但回到凡俗平淡周而复始的日子里，话题和激情烟消云散，审美疲劳就出现了。

进大学之后，晴佳换男朋友的速度达到巅峰，她交往了富二代、医学生、艺术生、事业男和体育生。

常接到她的电话，或淡然或悲痛地说分手了，或兴奋或安静地说恋爱了。

最初，我还八卦地打探男友的身高、年龄、相貌、籍贯，相识经历，相恋过程，到后来，就越来越懒于听她那摊子变化莫测的感情。

她一旦想到一种可接受的可能性，就去试。如果晴佳是个商人，一定会赔得很惨，她从不细致地考量投入产出比。小时候我们一块儿去游乐园，她想要得到扭蛋里面最心仪的人物，就攒很多很多的零用钱，不停地投币，直到扭到想要的。

每一种不同类型的男生，都让她一度感到新鲜。

富二代每天穿着 LOGO 印在胸前的衣服，室友见过后都怀疑是不是从夜市地摊上三十块钱一件淘来的货色，其实都是价码四五位数往上的正品。他爸有几十亿的资产，把钱看得跟桌上的抽纸一样，从来不吝惜、不犹豫。她跟他的朋友一起去夜店，点酒单上最贵的酒，聊最没营养的天，在灯光迷离的包厢里，消耗着最昂贵的青春。

跟着医学生穿着白大褂大晚上跑去解剖实验室，整个楼道里都是福尔马林的味道。医学生绘声绘色地给她讲着里面有多少人体脏器的标本，多少个骷髅一样的骨骼模型，多少具尸体，下刀的时候角度和手法要如何才能精准。她听完，像遇到变态杀手，尖叫着掩面而逃。

艺术生排话剧的时候，她日夜颠倒地帮他改剧本，把自己设想为剧中的每一个角色，让每一句台词都跟人物融为一体。晴佳在不足十平米却挤下了四个人的宿舍里，咬着笔杆子，终于写出了一版让自己满意的作品。演出空前成功，谢幕时，一束追光打到她身上，艺术生从后台走到观众席里，当着所有人的面吻了她。

事业男每天忙于各种商务场合，带着她一并出席。晴佳出门前，得把每一根头发都梳得一丝不苟，衣服的每一缕褶皱都熨得不见痕迹，悉心搭配首饰，把精致藏在腕间耳垂。但不管什么场合，最迟九点她就得离席，赶在学校集体澡堂关门前，把自己清洗干净，像是零点一到，变回原形的灰姑娘。

体育生有一大伙义气相挺的兄弟，打完球就会不分你我地跑去吃烤串，从来不 AA，大家把身上所有的钱扔在桌上凑起来埋单。

晴佳并不觉得那些烤串的味道有多值得一提，但她喜欢这些带着荷尔蒙的身体，聚集在一起的时候，彼此捉弄欺负，像永远不会长大的一群大男孩儿。他们喝醉了就开始回忆中学时候，第一次去超市买避孕套，单手从后面解开女生的胸罩，买烟草自己卷烟抽的辉煌过往。

她就像在不同主题的电影场景里，切换自如的女主角，把每场都当作人生的谢幕表演，情绪汹涌，身心投入。却次次都没逃过，初始如花美眷，终归落花流水的结局。

五年前，我们家从原先的小区搬走。

放暑假，听说她又失恋了，孑然一身。我给她发消息，让她来我家住一段日子。

念小学那会儿，犯了错不敢回家，就跑去对方的家里躲着。这真是个自欺欺人的游戏，明知爸妈总会来把人找回去，还会罪加一等，以更严厉的家法伺候，每次还是抱着几乎不会成功的侥幸心理，在客厅的沙发后面默默坐着，像等待被警察抓捕的逃犯。那是孩童时期的权宜之计，能拖则拖，哪怕只是晚一个小时面对惩罚，也让人感觉赚到。

我们仰头躺在窗口，吹着夏夜的暖风，楼上的琴声像杂沓的脚步，飘下来，星星点点地洒在窗台上。

聊着聊着，我突然问她："这些年，你有没有好好梳理过自己的感情？谈这么多恋爱，会不会麻木？"

她把凯蒂猫抱在怀里，翻了个身："的确是越来越麻木了。"

麻木到对甜言蜜语处变不惊，对那些泛滥的矫情甚至有些恶心；麻木到能程序化地对不感兴趣的好意委婉拒绝；麻木到看多了离合聚散，觉得感情也不过如此。但麻木的好处是，如果有一天，某个人的出现能让你萌生初恋的感觉，你就知道，爱情来了。

晴佳睡着了，不自觉地钻到我的胳肢窝下面。

她刚拿到国内顶尖高校的研究生录取通知书不久，就说要结婚了，我雷厉风行地早早买好飞机票，专程从北京赶回去。

古书里写："天地之至数，始于一，终于九焉。"轮回里，九是最高数，超过九，就要再从头开始。

她谈到第九个，决定要嫁，兴许是老天善意的安排，俩人爱得电光火石、轰轰烈烈、缠绵悱恻。

婚礼办了两场，头一场有长辈参加，一本正经，按照必备的礼数和常规的流程。底下浩浩荡荡坐了五十桌，许多是父母的朋友，还有男方的亲朋好友，大半都不熟悉。她也不计较，总要帮双方父母收回这些年给出去和即将给出去的份子钱。

但晴佳说，她想要一场不大的婚礼，都是这些年，怎么往天涯海角跑，都没有跑离彼此心里的朋友，所以就有了第二场。

出场的时间分分临近，我帮她整理了一遍头纱，牵好裙摆，看她额头上浮起薄薄一层细汗。

音乐响，她像一朵优雅绽放的白兰花，缓缓地郑重走上舞台，那里有一只等待着她的话筒。

"谢谢你们今天来，其实在我心里，有一些私藏已久的秘密，在此刻，想要拿出来跟你们分享。

"在学习上，我一直是优等生，但在爱里不是。我缺少天分，悟性也不足，我知道自己不要什么，但不知道自己真正想要什么。所以，我做了十三年的排除法。

"这十三年，不断地不断地试，然后从备选答案里，画掉一个一个的选项。

"每一次，我都给自己充分的选择理由，绝不敷衍，认真去对待，希冀有始有终。

"可是，有时候是我发现尝试再三，两个人的频率对不上，不得不分道扬镳；有时候是对方觉得不行，想要过回一个人的世界。

"因此，狠狠伤害过别人，也被别人狠狠伤害过。

"有个问题被不同的人一遍遍问起，经历这么多，你还相信爱情吗？

"今天，我在这里回答大家，当然信。

"快乐过，幸福过，痛苦过，大悲过，绝望过，却依旧相信，因为，这是付出感情与接纳感情的底线。

"事事都需要历练，需要努力，需要奋斗，爱也不能唾手可得。没有一个战场可以许诺，不负伤，不流血。真爱面前，没有懦夫。

"希望在座每个人的摸索与付出，功不唐捐。"

我在一旁，听着字字足斤足两的叙述，看着她多年如一日细弱的手臂，忽闪忽闪的长睫毛和下面那么多双、泛着眼泪花儿的眼睛，感到过去的那些片段，被一帧帧吹起来，而山谷溪涧，正开满最烂漫的花。

人与人之间的认识，都是在一张白纸上慢慢作画，由浅至深，走到对方心里。

而告别一个人，就等于白纸被擦净，付出被清零，电脑突然自动关机，里面的文档没保存，只能重新来过。

那么多次的从头再来没有淹没她，也没有磨平她，她从不怪罪现实无情，只责怪自己愚钝。她相信美好的从未消失，上帝只是将他们凝结在冰里，在合适的时间，再让它消融，不曾沾染半点儿世俗尘埃。

沙漠里永远开不出牡丹，但她就像那朵不知怎么开出来的牡丹，外表光亮，内心丰富。

住在我家的那些天，她说，每当自己又交了一份不及格的答卷时，总会自我安慰，下一个就是对的选项了。但她又忍不住接着问自己，下一个那么多，到底是哪一个。不过，把自己考倒了，就不再纠结了。

反正，花十年解不出来一道题，那就花十五年、二十年、三十年，甚至一辈子，不要急着索取，把错误的选项都试尽，剩下的就是正确答案了。

晴佳只是在大学毕业之后，掀起结婚大潮的姑娘中的一个，她们络绎不绝，组队要去攻陷民政局。

糖豆极为不屑，每每有人对此流露出毫厘的艳羡之情，都会听到她泰然地讲："急什么？有什么好羡慕的？信不信，还没等到你结婚，这批掀起结婚大潮的人里头，就已经就有离婚的。"

糖豆神预测。

短短一年半以后，晴佳这员猛将就从婚姻里被拉下马来。作为我一直看好的绩优股兼潜力股，晴佳离婚的消息让我的隐形眼镜都要跌出来了。

不是因为某方劈腿出轨，也不是被琐碎的鸡毛蒜皮打败，而是她意识到，两个人在一起，只有爱是不够的，穿越爱的表象，需要某种更高维度的交流、回应、共鸣。而在婚前，他们根本无暇顾及，热恋的癫狂充斥着多巴胺，当节奏缓下来，坠入生活的罗网之中，俩人才发现，走不进对方的心里，而对方也走不过来，绕着心打圈圈，无法实现除了爱以外的真正理解。

爱情不应是同居屋檐下搭伙过日子这般狭窄，它应当是将原本一个人的精彩擦出两个人的火花。想起这辈子都要面对这种感觉，白白损耗光阴，她胆怯了。

原本料想自己深谙关于爱的一切，哪知自己只把握了皮毛。

他们在家没日没夜地大吵了二十四小时，握着结婚时领的小红本齐齐出现在了民政局。

可是谁又能真正理解谁呢？每个人都是一座孤岛，我们想要跨越海洋，连成一片群岛。却连从这座岛游到那座岛都游不好，不知如何顺利抵达对方、了解对方、深入对方，也不知如何把这两座孤立的岛联结起来。

晴佳一个人跑去日本，夏日烟花节。

十多年前，城区不像现在，可以随意放烟花。我们领过压岁钱，苦苦等到春节将逝，卖烟火的商贩在小摊上方挂起折价销售的大字报，狂欢的序幕便缓缓拉开。

学校的操场因为放假而空无一人，我们扛着黑色大塑料袋，装着各式烟火，坐在升旗台的旗杆下面，饿着肚子闻居民楼的炊烟味儿，擎着盼头终于熬到夜色浓稠。

"唰"，火柴一根根擦燃，引线"滋啦啦"地叫器，搁在地上，跑出几米开外，"嗖"地蹿上天，"砰砰砰"，次第绽放。

那时尚小，不懂得从别人那儿奢望爱与浪漫，一切都由自己制造，即使璀璨却无常，但并不对此失望。我们只感到欣悦，在一声又一声带着稚气的尖叫中，永不厌倦。

烟火如轻灵的身体，在黑得浓稠的夜空中，绚烂着泯灭。然而随着年岁渐增，我们心照不宣地看透了背后暗藏着的、对美好易逝的讽刺。

要先承受大把大把的暗淡，才能兑换到一次灿烂的亮相。

从日本回来，晴佳仗着情伤在我们几个死党家里辗转住了一个月。有回睡到半夜，听到她哼哼唧唧说梦话，坐起来靠在墙边听了半小时，终于听明白了她在说什么。

"或许，最好把爱做信仰，便会少些动摇彷徨，多些坚定力量。"

这是晴佳在日本看烟火的时候，发的唯一一条微博。

过 程 人 生

　　一个男人愿意娶你，是他能给的最高犒赏。现在她得到了，却发现，人生并不只是因为秦朗而存在。她要找回自我，找回自由，她还有旺盛的生命力要燃烧，要回到天地之中，做蓬勃生长的野草。生活暗藏的诸多可能性，等待着她去一一揭晓。

　　大学宿舍分院落，每个院六个单元楼，我住三单元，小珍珠住六单元。

　　上大学以前，小珍珠有个谈了三年的男友，有钱、有貌、有身高。他俩交往的事，全校皆知。高一军训的时候，俩人在食堂吃饭，擦肩而过，四目相交，第二天就在一起了。小珍珠和他相貌很是般配，说到学习成绩，便一个天上一个地下。

　　转眼临到高考，男生的成绩依旧稳坐班里倒数第一，教导主任三番五次谈话，请家长请了好多回，仍旧不见起色，小珍珠急了。

　　"你这成绩怎么考大学啊？"

"天生不是念书的料。"男生心不在焉,双手在裤子的前后兜来回换。

"那你以后打算做什么?"

"开酒吧。"

那年小珍珠十八岁,想法还相当不成熟。她坚信,开酒吧是个极不靠谱儿且自甘堕落的决定,那里常年聚集着一帮乌合之众,酗酒、嫖娼、吸毒,人品碎成渣。女人混迹于霓虹闪烁中,结局多半是哭哭啼啼地诉说自己的不幸。

志不同道不合,于是各奔前程。

人人都以为小珍珠理应被宠着惯着,在恋爱里做一个骄傲的公主。而事实却是,小珍珠付出的远远多过对方。

男生不是本地人,高中的时候,一到放假两人便异地。小珍珠为了给对方惊喜,握着在奶茶店打工赚来的辛苦钱,买了硬座火车票,坐二十个小时去看他。

暑期是穷学生们出游的高峰期,车厢里人挤人,站着的坐着的,都被强力胶水固定住似的,粘在原地动弹不得。长镜头里,小珍珠又困又睡不着,只得强撑着,呆呆地看着窗外由白转黑,再转白。空气闷热得紧,才一天不到,脖子后面就捂出了痱子。她不得不把齐腰的长发扎成马尾,束得高高的。

她早已熟知沿途每一个站名,串在一起,能变成首朗朗上口的童谣。她乍然灵光一现,不如把婚礼的请帖做成火车票?想到这儿,小珍珠的脸上显现出一种超离车厢沉闷的雀跃,像是知晓了某个他人窥不透的秘密，死死摁在心里，又按捺不住想要大声说给全世界听的心情。

列车终于驶入终点站，她挪了挪被卡在人群缝隙中发麻的双腿，摸了摸坠涨不已的腿肚，强撑着站起来，从行李架上取下背包，一瘸一拐地下了车。

分手之后，她很长时间没再考虑找对象的事。

为了赶在夏天到来之前，练出玲珑的身体曲线，小珍珠每天晚上都拉着我一起去体育场跑步。

"你见过秦朗吗？"

"谁啊？"

秦朗比小珍珠大一级，广告专业，除了平面设计水准一流以外，摄影和导演片子的才能也都很出众，名气不小。她这么一问，我就知道，这事多半有下文。

不出所料，秦朗那时刚跟上一任女朋友分手，小珍珠出现的时机绝佳。她从秦朗的朋友那儿要来他的电话，短信来短信去，没过多久，喜讯便传来。

虽然是确立了关系，但秦朗始终不冷不热，聚会也不带她，跟哥们儿玩到深更半夜也不提前知会。最可笑的是，他隔周要去外地，朋友们都知道了，小珍珠前一天才听他朋友说起。

明明最切近，却感觉最遥远。

显然，秦朗并没有真正从心底接纳小珍珠，小珍珠找他谈了两次，结果也不过是左耳进、右耳出，什么变化也没有。

很多人慕名来找秦朗拍艺术照，他就当作一项赚钱的副业，发展得如火如荼，当中不乏貌美的姑娘。有时在学校的咖啡馆修片，小珍珠就在旁边安静地坐着，里面有一个女生，她一眼就觉得跟其他人都不一样。女人的第六感很可怕，来得莫名其妙，准得一塌糊涂。

她小心地问："这女孩儿是谁啊？"

"雅蒂，法学院的。"秦朗回答得倒挺大方，"是我很好的朋友，下次有机会带你一起去见见她。"

人们总说文人相轻，其实哪止文人相轻，同类、同行之间都相轻，漂亮的姑娘之间也一样。尤其是那种流于表面的社交场合，虚伪客套得令人发指。小珍珠和雅蒂明明没见过面，但她跟着秦朗走进饭店的时候，还没等秦朗来介绍，雅蒂便走上前来，一口一个"小珍珠"，挽过她的手，聊东聊西，像熟识多年的朋友。

说实话，小珍珠打心眼儿里不喜欢她，雅蒂也压根儿没从心底里正眼瞧过小珍珠，但在做足表面功夫上，两人却有着一致的默契。

一桌人都是秦朗的朋友，听谈话的内容，似乎如他所言，都是认识多年的铁哥们儿、姐们儿。但小珍珠已经不是那个单纯到以为开酒吧就等于自甘堕落的女孩儿了，她早就托朋友从外围帮她打探秦朗和雅蒂的情况。

欢声笑语间，"嘀嘀"，手机响了："他俩有过一段暧昧的旧情。"

小珍珠摁下了"删除"，抬头微笑地注视着这场热闹的觥筹交错。

集体澡堂总是有很多半吊子歌手，扯着嗓门儿不着调地嚎叫，当天晚上随机播放的歌曲是《分手快乐》。除了能从歌词听出原作的痕迹之外，整首歌完全被重新谱了曲，我在旁边乐不可支，小珍珠一声不响。

我搞怪地把浴球上的泡泡，抹了两道在她脸上，才从昏黄的灯光里看见她红得像兔子一样的眼睛。

"怎么了！"

她先是无声地抽泣，然后慢慢，慢慢，那股悲伤从心底里山洪般全部涌出来，释放在肆无忌惮的大哭里："我跟秦朗分手了！"

莲蓬头的水哗啦啦从小珍珠头顶倾泻而下，冲刷着她积攒的所有委屈与不甘，源源不断。

鱼在水里哭，树在雨里哭。

分手是小珍珠提的，感受不到真心的爱就像过期食物一样，应该不吝惜地扔进垃圾桶。尽管心疼为它付的钱，可吃下去不仅没营养，还会坏了身体。

小珍珠发自内心地喜欢秦朗，喜欢到可以不计较他的任何过去和花边新闻，我是能感觉到的。她对秦朗充满落拓流浪气质的外形和创意频出的作品，都是近乎崇拜地欣赏。秦朗是新疆人，她甚至爱上了吃大盘鸡、酿皮子、胡辣汤，还学会了好多俚语，里面使用得最熟练的是"求子的"，意思是"很、非常"，"辣求子的，啧啧""热求子的，呼呼""高兴求子的，哈哈哈"。

但有什么办法，又不是任何喜欢的东西，都能据为己有。

追小珍珠的人前仆后继，有的拿着送她的东西，在宿舍外死守十个小时；有的用长篇情书，不懈怠地狂轰滥炸；有的专门为她写歌作画，她一概无动于衷。

她学的专业是影视编导，跟秦朗擅长之事有所重叠。秦朗闪耀的光环此刻成了她发奋学习的无穷动力，每天泡在从图书馆借来的一堆书和各种软件机器中，与世隔绝，什么聚会都不参加。

一年时间，小珍珠进步神速，她拍摄了一部微电影，预算有限，请不起演员，连我都去帮衬着演了个路人甲。剧组一帮人，摄像灯光场务道具也不能让人家白出力，就觍着脸去校外拉赞助，好不容易把工钱给付了，临到放映分文不剩，连放映时的入场券都是她三天三夜手工画出来的。但电影反响热烈，在圈内取得了不小的轰动。

秦朗主动来找她复合，言辞恳切地反省过去的斑斑劣迹，赔了一万个不是。小珍珠听完全身汗涔涔的，反复蹂躏着手中握着的那团面纸。

你特别想要一样东西的时候，售货员往往不那么在意。反正她早摸清楚，无论怎样，贵或便宜，你都要妥妥拿下。若是你试着流露出一点儿不想要的神色，看她猴儿急的样儿，恨不能给你翻跟斗、拿大顶、托马斯全旋接劈叉，使出浑身解数，让你赶紧秀出银行卡，说"给我包起来"。

那时，秦朗已经快毕业，四处找工作，俩人住在一起。

小珍珠在家经营着一日三餐，把房间布置得温馨美好。

她缓慢而精心地在家居店里挑出一件一件风格适宜的桌布、杯垫、碗盘、台灯、靠枕，让冰冷的房间温情重重。去花鸟市场逛了一整天，在狭窄的阳台一角，用竹篱笆围起一圈花花草草。饭桌上的圆形玻璃鱼缸里，也多了两条俏皮的金鱼。虽然它们长得并不好看，但金鱼店的老板说，这种鱼叫"龙睛珍珠"，小珍珠觉得跟她名字合拍，一定能养得顺手。

背着秦朗，她悄悄搜集来他最得意的作品，全部冲印出来，摆在家中每一处显赫的位置。她迫不及待地，要让秦朗的才华，弥漫每个不起眼儿的角落。

难以想象，宿舍个人卫生一团糟的小珍珠掌握着如此丰沛的生活技能，被子和过季衣物整齐叠放在衣柜上面；当季的外套，笔挺平展地，按厚薄程度排着队垂挂着；衣柜没有抽屉，她就自己手工制作了两个收纳盒，内衣、袜子、皮带、领带分门别类，搁在一小格一小格里头，像等待首长检阅的方阵。

可别忘了，过去每次约饭的时候，我都会提前二十分钟接到小珍珠蜷缩在被窝儿里发来的甜美语音，让我去她宿舍的阳台取下晾晒的内衣内裤。亲自送到她跟前，原因无他，衣柜里的存货已经耗尽。

女主人的心思像绵密的针脚，落在房间的每一个细节。挂钟的位置，拖鞋的样式，厨房的配备，床单的花色，她把秦朗的日程，用彩色粉笔写在门廊的小黑板上，提醒着他每一项重要的工作。

心安处，租来的房子也是家。

秦朗每天向她倾诉求职的迷茫辛酸，小珍珠就支着下巴，眨着忽闪忽闪的大眼睛，听他把满肚子苦水倒得一干二净。

有次在学校附近的家乐福碰到小珍珠，她推着购物车，娴熟地穿梭在货架之间。见到我说的第一句话竟是："刚才秦朗打电话来说面试成功了，我要做几个菜好好给他补补。"笑容从嘴角延伸出去，甜得比奶油蛋糕还腻人。

"哎，这种冷冻虾仁又贵又不好，上次我家亲戚送来的那个新鲜的，才是弹牙又鲜嫩！

"对了，要买几种杂粮回去，早晨磨五谷豆浆。

"山药和南瓜都是碱性的，对于调节体内酸碱平衡很有好处。"

她做的大盘鸡已经荣升为秦朗最爱吃的菜了，浓香油亮的红汤底，鸡肉鲜嫩，土豆炖得极软，入口即化，好吃到竟然使他遗忘了母亲的手艺。

三年后，小珍珠在朋友圈里发了一张图，隐晦地表示自己重回单身。

我赶紧打电话过去，是忙音。

三年，同居，去过对方的家，见过父母，没有任何征兆地突然分手，消息的震惊程度不亚于夏绮韵谈恋爱。

她还没来得及删掉以前的照片，秦朗带她去过一次新疆。

盛夏时节，天蓝得不可思议，远处的雪山之巅反射出耀眼的光亮，一群马儿在阳光下喷着响鼻，悠闲地甩着马鬃。小珍珠脱掉鞋子，撒开纯白长裙，奔跑在盛夏的草坡上，呼吸畅快极了。秦朗在身后轻柔地唤着她的名字，小珍珠回过头，嫣然一笑，镜头之后，是秦朗满怀爱意的眼。

她彻底决定分开的那一刻，是秦朗跟她求婚。

在朋友别墅的户外花园，秦朗的求婚设计得跟他的作品一样惊艳。草地上投影着星光，杯中盛着月亮，一条如水般澄澈的道路，将小珍珠接引向他的爱。

他们曾在新疆的荒郊野外与银河不期而遇，无数微小的恒星与星际尘埃，汇聚成那一道掠过头顶的明亮壮观，天幕每分每秒都在变幻，仿佛是整个宇宙为他们两人特别加映的午夜电影。

自然的壮美，只在这人迹罕至之处，才自由地释放。她踩着秦朗的肩，攀上越野车的车顶，张开双手拥抱着、惊叹着这浩瀚的灿烂。秦朗低头深情一吻，她勾住他的脖颈，沉醉、徜徉在无边的浪漫之中。

单膝跪地，呈上戒指的那一刻，小珍珠颤抖着。

秦朗以为那是她过于激动所致，于是静静地等待着，她说出那三个字。

小珍珠的确说出了三个字："对、不、起。"

她捂着嘴，打碎了那一杯月光，踏过星星，落荒而逃。

某次，小珍珠在家打扫卫生的时候，打开秦朗书桌的抽屉发现一摞信件。她没有拆开，只是看见收信人是已经去英国留学的雅蒂。

什么年代了，秦朗和雅蒂竟然还保持如此古老的通讯方式，跨越着时差和大洲，你来我往，互诉衷肠。

当天晚上，秦朗回到家中，便觉得气氛凝重。

小珍珠阴着脸从下午四点忙到六点，端上两荤一素，回锅肉、萝卜炖牛筋，白灼芥蓝，瓦罐里煨着鸽子汤，咕咕冒泡，香气在屋子里游荡浮沉。

回锅肉是秦朗最近饭桌上的新宠，郫县豆瓣提味增色，他胃口大开，吃完一碗，又另添了一碗。小珍珠面前的饭，吃到三分之一，怎么也咽不下去了。

她把筷子往桌上一拍："秦朗，那些信，是怎么回事？"

"你是说？"

"不要问我。"

"我们只是很好的朋友。"

"很好？很好有多好？好到旧情未了？好到鸿雁传书？"桌子底下的手，攥成了拳头，她在用力抑制住夺眶而出的眼泪。

秦朗无言，满桌的菜和小珍珠的心，都凉了半截。

小珍珠最终拒绝秦朗的求婚，心理格外复杂。

当中有雅蒂的因素没错，但求婚的瞬间，她并未像别人一样感到心潮澎湃、热血沸腾，反倒像被一盆凉水从头浇到脚。她突然醒悟，自己怎会就此跌入琐碎的日常，步入婚姻，在操劳不完的家事和厨房里浪费掉昂贵的青春。

她曾因为秦朗，理解了生活的温暖，小火慢炖，大火快炒，她是如此用心地，在炉灶边烹饪出一道道佳肴，治愈着一身疲惫的秦朗。

一个男人愿意娶你，是他能给的最高犒赏。现在她得到了，却发现，人生并不只是因为秦朗而存在。她要找回自我，找回自由，她还有旺盛的生命力要燃烧，要回到天地之中，做蓬勃生长的野草。生活暗藏的诸多可能性，等待着她去一一揭晓。

她马不停蹄地申请了学校去台湾的交换生项目，回来以后，去了央视实习，在一档收视率很高的节目里做编导，干得有声有色。

她注销了所有的社交账号，沉入现实的海底，挤地铁，吃盒饭，跟别人合租一间不大的屋子。在人来人往的街头，听着耳边那些喧哗的声音，心里异常平静。

　　如果人这辈子必须不计代价地爱一次，小珍珠花了一半在高中，另一半给了秦朗。也许因为她太过投入耽溺，比别的姑娘多走了一段路，晚了一步出发。但成长急不得，得自己慢慢熟。

　　心上多了道伤口，但人生却更宽广了。

　　离开秦朗以后，她特意去了一趟初恋男友的酒吧。五年多了，酒吧已是远近闻名。驻唱从早期七八流的跑场小歌星，变成发片歌手。

　　小珍珠并没有提前知会他，推开门，独自走进去，在吧台要了一杯长岛冰茶。

　　迷离灯光，魅惑旋律，人与人之间的距离被瞬间浓缩，高频度的来往，不停地被搭讪、搭讪，一杯酒换一个故事。她并不理会周遭，沉浸在自己的世界中。

　　当初因为他一意孤行，要开这家酒吧，两人分道扬镳，各走各路。如今酒吧终成气候，他晋升老板，而她，似乎又回到原点，孑然一身，一无所有。

　　但她此行前来，并非暗自神伤，或徒生羡慕。她只是想来看看，他当初是多么笃定，明确着自己要做的事，并让它落地生根，开花结果。

　　回家整理旧物时翻出了从前的手机，样式老套，颜色败落，一时心血来潮充上电开了机，竟还有旧时的简讯。翻出来一条一条地看，内心阵阵感慨。初始的试探，热恋的疯狂，末尾的冷淡。多年的感情，早已不在心上，却还在废弃的手机里。但内心不爱了，不痛了，也不恨了。

她甚至感念，这段年少时光的见证。

小珍珠提着行李，坐在北上的火车里，不间断的隧道去了又来，光明明暗暗，打在她脸上。因为独行的缘故，她坐在过道边，不发一言，像部只有配乐没有对白的默片。

这几年来，她都习惯了把头发烫成漂亮的波浪，整理得一丝不苟、层次分明，每一个卷的弧度都恰到好处。而此刻，她又用朴素的黑色皮筋儿将头发高高地束在了脑后，像未谙世事的少女一样，清爽利落。

她走下火车，站在汹涌人潮中，像株亭亭玉立的百合，然后头也不回，大步流星地走向了真正属于她的人生。

全身而退，坐拥整个世界。

一切都有过程，而一切都是过程。

不流泪的母亲

她不过是把那些眼泪都谨慎小心地收了起来，默默地涂在那些受伤的地方。选择身体力行地教会我，不论翻开下一张牌，面对的是什么，都要像株坚韧的芦苇，在长天大地的捶打中，稳稳地立住脚跟，从容应对。

不卑不亢，有礼有节。

我活了二十四年，从没见过母亲掉眼泪。

好几次，我都觉得她就要哭出来，可怎么过几秒，又极好地收束住了。

印象中，唯一一次见过母亲红眼眶，是外公和外婆离世。但她依然是节制的，全然不像别家老人去世，儿女们哭得呼天抢地，翻来滚去。

后来经历多了就知道了，那种夸张的演技派多半是秀给外人看，真正的大悲没有眼泪，身体里循环的每一滴水都是泪。

母亲出生在四川的小县城，家里五个孩子，她排行最末。外婆是大户人家的小姐，执意要嫁给身无分文的穷书生，气得父亲犯了心脏病，毅然当着家族所有成员宣布，与她断绝往来。

生活清苦，但外婆依然恪守着严格的家教礼仪。

单说吃饭一事，盛好饭不能将筷子竖插在碗里，等年纪最长的人动筷才能开始吃，不要嚼出声响，夹菜只能拣靠近自己的部分，不可以从底下往上翻，先离席一定要向桌上的长辈请示。

外婆先是生了三个女儿，生到第四个，终于得来个男孩儿，养到七岁，没撑过一场恶疾。思来想去，还是想要个儿子，便决定再生，新来的老四是女儿，其时外婆已不年轻，决定最后一搏，没想到来的还是姑娘，五朵金花从此诞生。

最小的孩子在家中，总是最得宠，而母亲从小便刻意不贪恋父母对她额外的照顾，能自己动手完成的事，绝不仰赖别人。

她念书时，担任班里的学习委员，成绩一直出类拔萃。接着，顺理成章地考上了城里的大学，从此离开家乡。

转眼就是毕业，她断然决定留在城市。

浮萍要落脚谈何容易，那时她不过是一个初出茅庐、涉世未深的小姑娘，没有积蓄、没有经验，还谈着一场天远地远的异地恋。

她去邮局，挂了封信给外婆，内容简明扼要，说因为表现优异，学校分配了一份理想体面的工作，准备在城里扎根。

外婆的回信抵达得很快，信中没有一个"不"字，但通篇历数着城市生活的难处，房子难分配，消费高，没有亲人照应，人事关系复杂。

母亲看过信，顺手从书架上拿了本书，夹在里面，没再复信。

父亲在沿海念研究生，两人仅能在寒暑假见面。层山叠嶂，江水浩荡，一纸飞鸿，来来回回诉衷肠。

母亲开始一个人打拼，高楼林立，车水马龙，没有嘘寒问暖，没有无微不至。在这里，每个人都有伟大的梦想，也有说不尽的苦衷。两年后，母亲怀孕了，而父亲还未完成学业，外婆之言果不其然兑了现。

她既要腆着大肚子坚持上班赚钱，又要操持日常的大小事务。单位给母亲分配的宿舍在一幢筒子楼里，一层十来户人家公用厨房。邻里知道母亲怀了孩子，做了好吃的，都热心地端一碗，帮她改善伙食、补充营养。人情之暖，缓和着生活的磨砺。

预产期提前，我出生的时候，父亲尚在赶来的火车上。

邻床的孕妇叫得撕心裂肺，家人跑前跑后，急得团团转。而母亲，独自躺着产房里，汗水浸湿枕头和被单，十指死死扣着床沿，紧咬牙关，一声不吭。

身边好多留在城市的年轻人，因为工作繁忙，便把孩子送回老家，请长辈帮忙照看。

头两年是实在没法子，太小，离不得人，只得拜托县城的奶奶费心。两岁，母亲便执意要接我回城，代际之间在教育孩子的理念上多少有出入，她觉得还是自己来更放心。

苦又苦在，我那时常常生病，一感冒就扁桃体发炎，一发炎就高烧。

有一晚凌晨，体温飙升到四十多度，突然之间，脸色发绀，牙关紧闭，手脚抽搐。母亲吓坏了，手忙脚乱地用毯子把我裹起来，撒开腿就往外狂奔。

夜色如墨，只余居民楼外几点零星的灯火，山影重重，一派草莽气。

她已经上气不接下气，喘得不行，脚底却不敢松懈，二十分钟，终于冲开医院急诊室的门。"医生，医生"，"医生"，那声音急促，带着不匀的气息，像是溺水者，伸出双手，扑腾在水面，想要抓住一根救命的稻草。

又是一夜，母亲提着一壶刚烧开的水进屋，我恰好出去，一下扑到她身上，人一趔趄，翻滚着的开水淋到我的左脚背上。

正值冬天，脚上还穿着厚棉袜，五秒之内，棉袜鼓了起来，脚背已经肿起了硕大的水泡。袜子和皮肤紧紧连在一起，脱掉袜子，势必连带着撕掉皮肤。她连忙把我带到水龙头下，隔着袜子，用大量凉水冲洗降温。

医生诊断属深二度烫伤，幸好送医及时，两个月后，伤口才慢慢愈合，留下疤痕至今。

学前班里有两个男生，成绩倒数一二名，不学无术，整日游手好闲。

某天下午放学，一走出校门，他们便尾随着我。重庆是山城，路面起起伏伏，弯弯绕绕。从学校回家的路上，要先经过几十步的上行阶梯，然后是一长串接连不断的下行阶梯。

油然而生的恐惧让我不由得一路小跑起来。没想到，他们竟也跑起来。我随即加快了步伐，他们也加快了脚步。

气氛瞬间变得紧张，不知他们有何企图，逃命一般，只顾倾尽全力往前跑。

情势越来越危急，慌乱中，我一脚踩在阶梯沿上，整个人滑了出去，顺着阶梯往下滚，一阶一阶，每一阶都沉沉地摔下去，发出钝重的响声。速度越来越快，我只觉得眼前天地回旋，大脑一阵嗡嗡，下意识想要团住身体，却无能为力。

那俩臭小子看到这一幕，也傻了眼，反倒不敢再追，朝另一个方向溜走了。

弄脏了衣服，身上青一块紫一块，回家肯定得有个交代。谎称自己走路看花了眼，摔了跤，母亲也没多过问，只是叮嘱以后多加小心。

躺在床上，辗转反侧，怎么也睡不着，越想越后怕。

半夜三点，我走到母亲的床边，叫醒她。

"明天我不想去上学了。"

"怎么了？"

"我害怕。"

"害怕什么？"

直到那时，我才一五一十地道出了原委。

母亲听完，勃然大怒："明天我送你去学校，教训教训他们。"

"不要去！"在我心里，他们可是坏得无恶不作。

他们不仅敢不写家庭作业，拒绝回答老师提出的问题，公然在课堂上跟老师叫板，而且一旦他们看不惯谁，就可以随意拿起他的书包扔进厕所，撕坏他的课本，把文具盒里的笔都倒在垃圾桶里。

教导主任让他们请家长，请来了也无济于事，还是那副吊儿郎当的劲儿。一群六岁左右的孩子，遇上这么两个小魔王，都是避之不及，哪敢招惹。

"为什么不去？"

"我害怕他们会变本加厉地报复、捉弄我。"

"对于这种人，你不给他点颜色看看，他就蹬鼻子上脸。别担心，这件事妈替你搞定。"

第二天一早，我妈在操场上，靠着一张嘴的本事，竟然就把那两个小屁孩儿收拾得服服帖帖。而我弱弱躲在她身后，像摊糊不上墙的稀泥。

读大学的时候，也离开了家。

我们每周固定通一次长时间的电话，平时便各忙各的，偶尔发发短信聊几句天。

某天，母亲一通电话打来，说她去医院检查，医生让她立马住院接受手术。自我儿时起，她心脏就一直不太好，去市里最好的几家医院，用了最先进的仪器检测，吃了最好的药，也不见明显好转。

前阵子，单位组织体检，一位老医生说她心脏的血流声听起来不对，怀疑是先天性心脏瓣膜缺失。她拿着老医生的预诊结果，去医院做了针对性的专门检查，医生大吃一惊："你竟然平安活到了四十多岁！"

"你爸上班顾不了那么多，我想着你过两天放寒假回来，能帮上忙。

刚好早上心外科腾出一个床位，我就答应了。""嗯。"

我嘴上应着，心里打着鼓，那种不安与忐忑，或许来自母亲即将走上手术台，会面临的难测风险，或许来自要动真格地挑起家庭担子一部分的猝不及防。

手术安排在我到家之后的隔天，母亲已经住进了病房。

她穿着白底蓝条的病号服，病床旁放着一个小行李箱。她已经自己收拾好了所有用得到的换洗衣物，还有简单的洗漱用品，递给我一张单子，上面写着营养又简单的菜谱。

她知道，我那时尚未具备家事和厨艺方面的充足经验，有了这张秘籍，便不需费尽心思地想破脑子，要怎么解决她一日三餐的问题。

入夜，她决意早些休息，让我和父亲尽早回家。

次日，我推着母亲的病床进了手术室。

路上，她说，早就跟医生详细了解了手术的进行过程。一根铁丝，顶头固定着一块填补心瓣膜缺失的材料，从大腿根部的血管进入，绕过五脏六腑到达心脏，将材料精确定位安好以后，再由原路撤回。

我听得胆战心惊，她讲得却安宁平静，颇有一种什么大风大浪没见过，何惧区区一台手术的大将之风。

手术使用局部麻醉，母亲的意识完全清醒。她清晰地感受着铁丝进入了她的体内，然后两名主刀医生和两名护士配合着，通过仪器显示的身体内部画面，操控着铁丝的走向。

"向上，好的，接着向左一点儿，没问题，往右来一点儿。"

候在手术室外的我，大脑一片空白，一时间许多往事涌了进来，然后又像一枪烟雾，全部飘散开去。

而我竟然是因为母亲手术卧床，才发现了许多生活的奥秘。

蔬菜多少钱几斤，肉买哪个部位才好吃，一大罐牛奶提在手上原来那么沉，菜要怎么炒才不会把油溅得四处都是，东西要怎么收拾才能最大限度地利用屋子里的每一寸空间。

我发现，脏了的衣服、用过的碗、屋里的地板不会自动变干净，而在长久的岁月里，家里的整洁似乎都来得理所当然。

我学会了熬鲫鱼汤，跟她一样，在大锅里熬得奶白奶白的。她嫌给我添太多麻烦，就吃了一个星期的鲫鱼汤泡饭，配一点儿榨菜。

就在手术当年的冬天，外公外婆相继去世，前后只相差两个月。

我很难想象那对于母亲的打击，姨们泣不成声，而她就默默地站着，忙前忙后，几次看到她眼眶晶莹，但始终没有落下泪来。

我曾在相册里看到过母亲年轻时候的照片，清秀水灵，穿着样式最时兴的衣服，头发卷着漂亮的大波浪，骄傲地把手插在腰间，一副不谙世事的纯真模样。

她也曾事事一无所知，但生活的担子一压下来，她就立马收起那些幼稚和脆弱，坚毅地扛起来。

母亲是个很会过日子的人，去趟菜市场，就能跟小商小贩们搞好关系，不费吹灰之力地让他们从摊位底下热情地拿出两把最新鲜的蔬菜。

遇上人多，摊主老远就能看着她走来，高声招呼着："姐，来啦！"然后将一块上好的猪肉，从里三层外三层的人群中递出来。

她总是能在上车之前，准确地看清座位的位置，在汹涌的人潮中，看准空当挤上车，手脚麻利地占据两个座位。而我慢吞吞，几乎是随着队尾才上车时，她可以不顾身边乘客的白眼，坚定地叫我去坐，并叮嘱我下次上车动作要快，主动一些。

她每周跟着我去上钢琴课，老师讲，她就认真地做笔记。回家之后，每天监督着我练琴，搬个椅子坐在旁边，刁钻的耳朵能在大段大段的旋律中听出弹错的地方，然后用一根毛衣针，严肃地敲敲弹错音的手指，以儆效尤。

她很擅长合理规划时间，同一时间能做好几件事。不管料理哪一餐，她都能用比其他妈妈短至少一半的时间，做出同样美味的饭菜。

小学上早自习，不到八点就要求到校。而我似乎天生睡眠时间就比别人长，为了保证我睡足觉，她研发了一套最快速的流程。十分钟穿衣洗漱，十分钟边吃早餐，她边在身后给我扎马尾辫，每次都梳得跟体操运动员一样油光水滑，紧紧地束在脑后，一缕头发都不会飞出来，疼得我嗷嗷叫。

可是，她也是第一次做母亲，面对我刚出生整夜整夜的号哭，是饿了还是冷了，尿了还是病了，都是一步步摸索领悟出来的。到后来，只要看到我一个表情，她就知道："这孩子大便了，该换尿布了。"

她也是被父母呵护着长大的小女孩儿，可是不管自己身体状况是不是糟糕，天气是不是恶劣，她从来都二话不说、不辞辛劳地为我奔前忙后。

她心里的有那么多事，但我的事被默认为"置顶"，不用取号等位，永远排在第一。

当好母亲，不是什么惊天地、泣鬼神的丰功伟绩，却也是不凡的本事。

"妈妈，你为什么不哭？"

"哭有什么用，哭能解决问题的话，我就哭给你看。"

她知道生活的打磨无时不在，而泪水的清洗不过是徒增伤悲，毫无裨益。可是每次都是这句老掉牙的话，从来没变过。

我偷偷问父亲："她真的从来不哭吗？"

"怎么可能？"他的眼睛移开手中的报纸，视线从老花镜的上方斜斜地瞄出来。

"那什么时候哭啊？"

"你不听话的时候，她也躲在被子里嘤嘤地哭啊。"

"我什么时候不听话了？"

"你那些明知故犯，愚昧固执，不肯悔改的事儿呗。"

我大概知道他所指的是什么，年轻气盛，我总想依着自己的想法，不顾现实的障碍，去做一些在他们看来极不靠谱儿的举动。

比如高三的时候，放弃保送，执意要参加高考。

大学的时候，排斥其他专业，一门心思要念中文系。

还有每一次恋爱，他们都觉得我像只没头没脑的飞蛾，全情投入地，去赴一场绚烂而危险的烟火。

好些事情，母亲只敢站在那个看起来稳妥的选择后面，是因为作为父母，她觉得为我做出正确的引导是分内之事，而选错了路，则会成为她后悔一生的遗憾。尽管对于我的某些选择，她极力劝阻，其实到最后，不管我如何抉择，她仍旧会用热切的目光追随着我。

怀抱着一颗温暖的私心，也拼尽全力克制住每代人都有的观念局限。

成功时，站在属于我的鲜花掌声背后，静静微笑；失败时，则义无反顾大步向前，无条件为我收拾一地残局。

生活的难题步步紧接，她哪有工夫去流眼泪，眼睛哭花了，就看不到我了呀。

但傻瓜，世界上哪有不流泪的母亲。

当她在生我的前夜痛得在病床上打滚，独自睡在心脏瓣膜修补的手术台上时，恐惧无助的泪水滴滴答答，吞在肚子里。

在我高烧不退、烫出水泡、被人欺负、一意孤行去惊涛骇浪中闯荡的时候，她心疼的泪早就聚成了一汪小水潭。

外婆外公离世的时候，她悲伤的泪已经泛滥成海洋，那是她的父母啊，而她将永远地失去他们。

寻常生活里，哪一样本领不是要一点儿一点儿学，学会哪一样不是靠不断地犯错，才锻造为最后的炉火纯青，委屈的泪水数也数不尽。

她不过是把那些眼泪都谨慎小心地收了起来，默默地涂在那些受伤的地方。选择身体力行地教会我，不论翻开下一张牌，面对的是什么，都要像株坚韧的芦苇，在长天大地的摔打中，稳稳地立住脚跟，从容应对。

不卑不亢，有礼有节。

然后，那些落在她心里的眼泪，就凝结成一小颗一小颗，耀眼的水晶，点缀在了，日渐花白的头发之间。

闪呀，闪呀，闪。

Mr.慢

如果过程挣脱不了颠沛，我们只管闯过迂回曲折，力上加力，哪怕跨越陆地海洋、季风洋流，也要去求证最终的圆满。任何值得拥有的东西，一定是对得起等待的。

一支睫毛膏启封之后的有效期是三个月，一瓶精华液启封之后的保质期是六个月，一盒面霜启封之后的保质期是一年，一罐身体乳启封之后的保质期是两年。

一切都在限定期内，我们变得急迫而躁动，慌乱而不安。害怕来不及，害怕会错过。我们差点儿忘了，很多东西是要慢慢赏味的，狼吞虎咽，末了余下记忆里的一片狼藉，却追悔莫及。

这是慢先生的逻辑。

他就像偌大园子里单脚站立的丹顶鹤。

彼时，我们在一个部门共事，平时一点儿来往也没有。直到领导专门打电话给我，说最近一段日子多关照着慢先生，他刚失恋，工作上难免会有些分神。

慢先生岂止是工作分神，他抛下手头的工作，转天就递了长假的申请，出了趟远门，听说去了东南亚的寺庙，上了半个多月清心寡欲的禅修课。

凌晨四点起，晚上十点睡，除了寺庙提供的两顿完全不沾油水的饭以外，其余时间全在打坐冥想。一切通信工具通通失效，没人知道他的具体位置。

是他主动发来的微信让我确信，他还活在地球上。

我们约在三里屯吃比萨，地点是他定的。我刚到北京三个月，一切都不熟悉，怕我走丢，他说在地铁口等。

早料到按他的个性，一定会迟到，结果一点儿悬念也没有，寒流来袭，气温跌得很狠。我把头缩进围巾，手藏在袖管，看尽了世间百态，他才扛着一袋行李出现在面前，刚从朋友家里借宿出来。

十一月北京的气温大抵是南方冬天的极限，我们走在三里屯的街道上。

"你冷吗？"

我在萧瑟的风中哆嗦着回答："不冷。"

"再坚持一下，我们就要到了。"

我恨得牙痒痒，横眉冷对，心中一声大笑，当真是站着说话不腰疼。

比萨店在胡同深处，外面是几家还没开始营业的酒吧，巷子两侧堆满了杂物，塑料瓶、废报纸。进去两间大屋，坐得满满当当，全是外国人。一个大炉子，里面现烤着比萨，薄底大馅儿，屋里光线昏暗，炉膛像颗正在熊熊燃烧的星球。

他一口吞拿鱼比萨，一口薯条，一口感情血泪史。

慢先生有一种特殊才能，他能让人在初次见面时，觉得他是一个健谈热情、无话不谈的人。其实他把内心守得很紧，讲出来的只是冰山一角，但听者会产生一种，那就是全部的错觉。

慢先生的前任是他的脑残粉，他在学校歌唱比赛上大放异彩，她便在台下举着海报，摇晃着荧光棒，三天两头送些小礼物，写张小卡片。慢先生觉得女孩儿挺用心，时间一长，就动了心。

但女孩儿的口碑很不好，水性杨花，朝三暮四，周遭的人很反对。可慢先生想，不着急，会好的。

一开始确是有所起色，上自习，听讲座，参加各种社团，活出了新气象。

慢先生处理公务，没法儿对她无微不至。年轻时拼尽全力打基础，未来有大把大把时间可供卿卿我我，何必急一时。

女孩儿比他小几岁，还处于要人疼、要人哄的阶段。慢先生苦口婆心对她进行心理建设，大道理讲了二十辆卡车。早期还有点儿效用，可挨过了头一年，怨气还是没压得住，慢慢出来了。

积压的牢骚如同架子上越堆越多的书，起初觉得无关紧要，不过是随手放放，有空会整理收拾，结果迟迟没打理，超过限度就摇摇欲坠，最后轰然倒塌。

她觉得慢先生对她不上心，动辄就搬出那套"来日方长"的理论，缺少嘘寒问暖、温言软语，总让她什么事情都自己面对，口口声声说着，要先各自成为能独当一面的人，才能为两个人扫清前路的阻碍，实际上是在逃避恋爱中男朋友应尽的义务和责任。

而且，慢先生总有层自我保护的薄膜，外在和内心都是，这让她觉得两个人并非是亲密无间、水乳交融。她把不准他的脉动，因此随时都有种会错失所爱的危机感。

慢先生的邮箱里收到了一张匿名照片，手机拍摄的，像素并不清晰，但他仍不费吹灰之力便辨认出，那对赤身裸体的男女，其中一人正是他的女友。

那时他们同居，他走到客厅，女孩儿正若无其事地躺在沙发上吃薯片看泡沫剧："结束吧。"

女孩儿一声没吭，隔天就打包好行李搬到那个男生家里去了。

而他们刚在一起的时候，她也是从另一个男生家里搬来的。

新男友跟他最大的不同大概是，他是她此刻最想要的，又能挡风遮雨，又能鞍前马后端茶送水的勇士兼用人。

原本想创造一个神话，最后闹了一个笑话。

香烟酒精总是失恋的人儿忠心耿耿的陪伴，但慢先生憎恨尼古丁，且对酒精过敏，一喝满身长红疹子，心烦意乱，就拉我出去压马路。

大冬天遛弯儿可真不是闹着玩儿的，室外待上半小时，保证五官手脚没知觉。但寒风醒脑，尤其适合慢先生。

遛到学校附近的时候，慢先生突然定在原地，我回头瞅了一眼。

他双唇紧闭，眼里射出怒火，迎面走来一男一女。男的冲上来就抡了慢先生右脸一拳，我看蒙了，还没想清楚到底怎么回事，两人就厮打在了一起。

两头发狂的野兽，只攻击，不闪躲，毫无章法，从一棵树，猛地扭打到另一棵，撞得每一根残留的树枝都不自持地颤抖着。身上穿得多，受不上力，于是拳拳都竭尽全力地打在对方脸上。微弱的气浪掀起地面的烟土，嘴里哈出白茫茫的热气，因为粗重的喘息，而格外显眼。

我端详着紧贴人行道围墙站立的女孩儿，即使他从未给我看过她的照片，但完全不需要启动大脑思考，就能斩钉截铁地拍胸脯保证，是她。

仿佛是两个相邻却气氛迥异的世界，一边是硬碰硬的干仗，尖锐的宣泄；另一边，则是隔着空气，静默地对视。

她的目光很平静，不惊不诧，没有我预想中，哪怕是一丁点儿的愧疚自责。而我以为，自己会愤怒，会从道德正义的立场出发，把她谴责得体无完肤，可心底渗出来的却是同情、怜悯。

终究还是小女孩儿，心性不定，对新鲜感的渴求，让她并不觉得，在不同男人的家之间辗转有任何不妥。她反倒觉得自己拥有最高尚的自由意志，谁也管不了。反正有人喜欢着自己，每根汗毛尖儿都竖着刁蛮和骄纵。

人一旦能说服自己，就会凌驾于一切外在审判标准之上。

两个人扭打得不分你我，力气用尽了，就各自退后，眼神恶狠狠地看向对方，用衣袖揩揩脸，谁也不再上前，但也不先离开。岁数加起来都年过半百，还像两个莽撞的小毛孩儿，靠打架来解气。

夜深，我们坐在马路牙子上，他痛饮了几口凉得带冰碴儿的空气，一脸疲累转向我，虚弱地问："大家是什么时候开始，再也没有耐心等待的？"

慢先生慨叹，女孩儿太傻，他为什么会舍弃那些简单易做的事不为，反倒去投入工作。后者才是能为两个人提供更好生活的源泉啊，而前者，不是应该相互体谅才对么。爱，一定要表现得那样直白肤浅，才算爱吗？

好比逛淘宝，女孩儿要现货，立即付款，下午发顺丰。慢先生说："我这个是高端定制，你得先付定金，等厂商把面料发过来，款式打版，样衣做出来还得调，扣子颜色不对，领口开得太大，裙摆弄得太蓬，裁、缝、烫都是手工，慢工出细活儿……"

他懂自己，但不懂女孩儿，等不及成熟，等不及结果，即使半生不熟，也要握着那短暂的虚妄，在铺天盖地的寂寞里，活出安全感的幻象。

但慢先生也遇到过，让他觉得慢的人。

他的前前任是法国人，热爱自由，居无定所，两年换一份工作，一如蒲公英，满世界飘，哪儿都能落脚。她常谈及巴黎蒙马特高地，那些无人赏识的艺术家们，聚集在街头小咖啡馆聊天。她经过他们身旁，听到那些无拘无束的妙想，天马行空的创意，便下定决心，生活不应被设置任何僵化的界限。

他等了她两年，但姑娘心怀天下，死性不改，结婚这件事根本进入不了她的规划。慢先生也不得不败下阵来，和平提出分手。

他是家里唯一的儿子，父母催着找个靠谱儿的对象，按部就班地结婚生子，要是年纪太大，两老就没法儿带孙子了。

慢先生很孝顺，但自从念中学开始，就离家很远，十好几年没在父母身边守着。某天猛然惊觉，他们像长势一年不济一年的作物，正在逐渐萎靡衰弱下去，便觉得自己这些年，在儿子的角色上，失了职。

上了中年的父母，攀比心正盛，比他们年龄小的亲戚，女儿嫁了人，生意做得红火，还刚怀上一个男孩儿。一家人拿着医院检查的结果，欢声笑语，句句传到慢先生父母的耳里，都是要命的讽刺，根根细针，不留情地扎在他们好面子的自尊心上。

慢先生虽不至于把结婚看得那么急迫，但好歹对方得是颗有安定打算的心。本着前一个的教训，前任碰巧跟他来自同一个城市，这还曾让他暗自庆幸，如果在北京待不下去，还有双双把家还的退路。

生活怎会轻易遂人愿，一个问题按下去，就会有另一个问题冒起来。

花开两朵，各表一枝。

慢先生毕业以后，一直在换工作，想要找到一份真正想要做，愿意把毕生精力投入其中的事。他认为，这必须建立在丰富的尝试和体验之上。这种慢，是整体步调上的，是走进森林，凝视一朵长在树干上的层孔菌蘑菇，轻触水面上漂流着一片落叶，选一个可以落座的地方，等天上的弯月和繁星。

慢不等于不忙，他前前后后换了四五份工作，每一份都倾注了大量心血。除去正常的上班时间，有的来回路程加起来得四个小时，有的节假日加班是家常便饭，连加班费也见不到一毛。但他自我安慰不要紧，吃苦受累是必经之路。在面对每一份工作时，他都很认真地询问自己的内心，这是不是自己可以托付终身的职业。

一旦涉及喜欢和爱，问题就同时变得简单且复杂。好像有那么点喜欢，但转念一想，也没那么喜欢。不喜欢吗？也不是，如果做下去也不是不可以接受。爱太难，经不起推敲。

就在犹豫徘徊间，慢先生一晃，晃到了二十八岁。

没有一以贯之的方向，东滚一个雪球，西滚一个雪球，始终滚不出一个像样的大雪球。

那几年，身边的不少朋友同时发迹，赚得盆满钵满，开好车，住大房子，请顶尖设计师设计软装，家具通通从国外定制，每年随随便便就能出国度几趟假。工作没耽搁，享乐也不落下。再早几年，这种做派也大有人在，但多数是吃父母的老本，慢先生并不以为意，花父母的用父母的，没什么好炫耀。

现在不同了，几年光景过去，这都是人家一犁一锄自己打下来的江山，他突然对金钱和物质充满了无限的渴望。

像一夜之间中了邪，此后每次见面，他都在我耳边念叨着，赚钱，怎么更快地赚钱，怎么更多地赚钱。

他突然意识到，自己好像成了教室里最后交卷的差生，孤单地坐在墙角，没有时间可以挥霍。

过去的慢先生一下子不见了，男权社会里无所不在的隐秘竞争发动了他的引擎。连续三个月，他没有一天在凌晨两点之前躺下，醒得比日出还早，眼眶下面一直青着。

但越忙，越迷失自我，"忙"字构造得实在很巧妙，左边心，右边亡，太忙了，心就会死。

慢火焖煮的鸡汤和快火急烹的水一喝就见分晓，慢火是说水最好不沸腾，这样鸡肉里的营养物质才会溢出来，在密闭的空气里，慢慢酝酿成馥郁浓香。

在他最谷底的状态，偶尔还能见他发一两条正能量的鸡血微博。不知情的人在下面留言点赞，而我看到的是，他隐藏在这种悲怆的自我鼓励之后，最彻底的无助和最由衷的失望。

我们长长地聊了两次，我像抢救稀有文物一般，想要不计一切地保存下，他身上令我着迷的发光点。

丹顶鹤单脚站立，是为了生存，比起其他物种，他们更加弱小，而瘦如柴的双脚，难以长时间承受身体的重量。于是，它交替双脚，以逸待劳，始终站立，敌人来了，可以立即放下，迅速起飞。

慢，是种姿态，但不论从哪个角度看，都必须要往一个终点使劲儿。

他终于想清楚了路子，打算创业。说起来轻巧，初期就意味着没有固定组织可依靠，收入有一搭没一搭。

人不只喜欢做一件事，但选定一件去做，不要回头，管他前方是康庄大道还是死路一条，都善莫大焉。

还是不变的苦和累，甚至更苦更累，但向着黑暗的地方探进，后面可能是更大的光明。成功何尝不是要慢慢熬，想通了就好。知道自己在变好，相信明天肯定比今天好，知道坚持的意义，知道 no pains，no gains。

慢先生又谈恋爱了，跨国恋。

如果一段感情有从 EASY 到 HARD 的无数等级，他无疑是选择了 HARD 模式，注定要承受比别人更多的考验。

异国恋很难吧。

是很难，传达同样的情绪与感受，比别的情侣要花费更多的时间与精力。

即使借由文字、语音或视频，还是会有许多微小的讯息无法精准地传递，有许多片刻无法在第一瞬间与对方分享。快乐、兴奋、忧伤、崩溃，都因为距离与时间，比别的情侣慢半拍知晓。不止如此，信息的延迟还可能滋生更多的误会、不安与忐忑。

但慢先生在知晓以上种种之后，仍旧义无反顾地选择了，原因无外乎，爱。

问题层出不穷，但它们都不会成为障碍，时间、距离、国籍，无一例外。

仅凭这一点，我就知道，从前的他又回来了，跌跌撞撞，关卡重重，总算是迈过去了。

慢先生回忆，他们从未讲过要正式在一起的话，这种感觉的获得，全靠彼此情感的确认与呼应。但这样坎坷地试探与领悟，过程里所需要的耐心、恒心和勇气，不是每一个人都愿意给。

我欣然，这是他的风格。

　　而更令我开心的是，在千万人里，慢先生终于遇到一个跟他一样不急不慌的姑娘，追山逐海，横渡世间洪荒，等待吉日良辰，同登彼岸的那一天。

　　初一，看米兰昆德拉的《慢》，不厚的一本小书，只花了一个午后。那时，我无法自圆其说，为什么有人专门写慢，还有人愿意付印出版。

　　在那时的我看来，慢实在是没什么了不起的，只有快才会被表扬。作业写得快可以提早放学回家，跑步跑得快可以拿运动会第一名，就连语文老师也会特意训练我们，在最短的时间里把一篇课文念完。

　　"慢慢来"，没错，身边总有人这么说，但没有人真的敢慢慢来。

　　还记得阿奔吗？那个跟我分享旅途故事的男人。

　　他说，在印度的时候，有个少年告诉他，自然的变化皆缓慢。日升月落，花开花谢，万物成熟，都慢得很。而急骤发生的多是灾难，火山喷发，飓风暴雨。身体是慢的，一个人长大也是慢的。

　　那些走过的弯路，教会我们，慢的可贵。

　　又想起在三里屯的簌簌寒风中，慢先生说的那句："我们就要到了。"短短六个字，似乎有无与伦比的魔力，让一路的辛苦都值得。

　　如果过程挣脱不了颠沛，我们只管闯过迂回曲折，力上加力，哪怕跨越陆地海洋、季风洋流，也要去求证最终的圆满。

　　任何值得拥有的东西，一定是对得起等待的。

一个宿舍的北京

第一个人哭了，第二个人哭了，第三个人哭了，在盛大的集体死亡之中，所有人都获得了一种难以言说的释放排解。如若没有纷争，没有冲突，没有针尖对麦芒的战火，不过都是二十三四的姑娘，嬉笑打闹，向往温暖和保护。路走到尽头，反倒有了转向的生机。

2012 年秋，我到了北京。

整个城市在干燥和 PM2.5 中，忍受着终日不停的风沙肆虐。九月以来，我每月都病一场，感冒发烧，上吐下泻，挨着个来一遍。直到冬天来临，气温跌到零下，病菌都被冻傻了，我才从病怏怏的状态里缓过来。

好在颐和园路 5 号的校园里，每个年轻人都有着一张沸腾的脸。我们在宿舍背着宿管阿姨，用电磁炉煮方便面，就着二锅头。那年，舌尖上的中国一下子就成了中国美食的活招牌。

腊月的北京，学子们的生活清淡贫寒，整整一天高强度的埋头苦读，让他们急需能量的补给。方便面，是飞速发展的食品工业给现代人的馈赠，筋道的面条，鲜美的汤汁，能为他们带来学术的灵感，以及对万物更丰沛的认知。

喝着喝着喝大了，就爬上床去卧着，看着眼前这个混沌的世界。

朵儿在我对面弹吉他，她的袜子破了一个洞，周而复始弹着同一首曲子，那是她唯一会弹的，《月亮代表我的心》。周舟和梓婷在聊她们的偶像，小太阳钟汉良，我很快忘了方便面是什么口味，在暖气能一夜之间让蔬果干枯脱水的房间里睡过去。睡前，我的思绪停留在对三串西门烤翅和还有一块奶酪蛋糕的幻想中。

那时研一，课表很满，食堂的伙食很一般，但我们过得并不坏。

也许对这个学校里的人来说，给自己施压是家常便饭，过上一天浑浑噩噩的日子，有种掩耳盗铃的愉悦。

但我们之间的关系，并不似此刻祥和，盘底的裂痕已经生成，只是还不确定，那岌岌可危的纹路要走向哪里。

梓婷精于世故，说话滴水不漏，热衷于打探我们每个人的日程，却又对自己的一切保持缄默。一个人把自己封得那么牢，一谈及自己就竖起一道拒人千里的屏障，却又同时怀有窥视别人生活的极大热忱，多少让人觉得很不自在。

为了在学生部门里混得个一官半职，梓婷的应酬日渐增多，夜里回来得晚，洗漱时发出嘈杂的声响。我跟周舟睡眠浅，闭着眼睛在床上听完她的一整个过程，才能再次睡去。

　　忍无可忍，叮咛她下次动作轻一些。她便一副自己活该千刀万剐，对不起祖宗十八辈的忏悔态度，到了下回，仍旧我行我素。

　　偶尔，打包些剩饭剩菜回来，她嘴上说着有福同享，心里随时挂念着大家。但一打开饭盒的盖子，看着里面早已被破坏得卖相全无的菜，听着她硬要夸口，如何在众人的筷下为我们挡下美食，不顾旁人的眼光坚持打包，千辛万苦带回来，胃里就泛起一阵一阵的酸水。

　　梓婷还常常带回宿舍一些所谓的礼物，我们很好奇，为什么对方送的总是正中她的心意。

　　几次下来就知道，她总是在对她感兴趣的男生请客的时候，若无其事地提起自己最近需要什么，知趣的男生便会立马去买了送给她，即使是热水瓶、开水壶之类的小物件，她也绝不放过占别人便宜的机会。

　　不知道她心里藏了多少小心思，前一天告诉我们跟本科同学吃饭，第二天却在商场里尴尬地撞见跟某研究生会主席在一起。在网上花三十块钱买下某贵妇级品牌的假货，马上在社交网站发照片写评论，大肆吐槽原价多贵，性价比多低，瞎了钱。

　　每个人尽可以按自己的思路去演、去秀，但集体宿舍是公共空间，梓婷既把这里当私人电话亭，又当独家电影放映厅，半年才换洗一次床上用品，迫使我每天睡觉要喷三下香水才能盖住那股奇怪的臭气。

　　后来愈发夸张，宿舍里摆放的各种东西，稍不注意就有被人偷用过的痕迹，有次被我抓了现行，她也只是轻描淡写，权当什么都没发生过。

　　天气预报里说，今年的冬天，比往年来得更早一些。走在下风的街道上，可以嗅到空气中散播的凋敝绝望，那股烧焦的味道，无力的萧瑟感，从宇宙中心五道口，在中关村兜过一个大圈子，直直席卷到海淀桥北。

新年晚会，梓婷怂恿我们一起报名表演节目，又约略觉得会被我抢走风头，便趁我出去接电话的两分钟工夫，堂而皇之地以我太忙为借口，想要将我排挤出局。

周舟在场，面对她的这般行径，细思恐极，就跟我把这事儿彻底摊开了。

我跟周舟身上有一点很像，对事物的纯粹性有着偏执的向往，容不得饭粒里的石渣子，水果表面的压痕，镜子上的水渍，还有人与人之间的不真诚。

串联起梓婷以往的种种，对她的反感，就像火箭尾部炙热的火焰一样，烧得人理智尽失。

多天真，觉得自己简直就是正义的化身，要去拯救一群迷途的羔羊。

我跟周舟把其中的一个男生约出来吃饭。

他是追求梓婷的万千炮灰中，不起眼儿的一小粒，乐此不疲地鞍前马后。

我跟周舟举事实，摆道理，论据充足，一桌子菜几乎没空动筷子。男生耐着性子听完了我们罗列出来的种种，支支吾吾，扭扭捏捏。

我俩感觉很不妙。

战役全面失败的消息来得很快，一点儿没让我们煎熬等待。男生为了表示对梓婷的耿耿忠心，主动跟她通风报信，把我们席间所说的一五一十如数交代。

其实并不需要掩饰什么，句句真切，但被人倒打一耙的感觉却令我跟周舟一时间手足无措。

那个男生竟也腹黑至极，当天把录音笔放在上衣口袋里，我们讲的每句话，每个字都被记录在案，板上钉钉，怎么也脱不了干系。

事情的发展不止于此，男生把消息扩散到了全班，说我跟周舟私下收买他，甚至连班主任那儿，也不忘乘胜追击打一发小报告。

他精心地把梓婷塑造成了无辜的受害者，我和周舟则是血口喷人、十恶不赦的反派角色，带着不容质疑的心理倾向，将我跟周舟推向了众矢之的。

奇葩年年有，今年尤其多。

除了硬碰硬，没有其他折中的路子可走了，一场撕逼大战，步步逼近。

大战前夜，我跟慢先生在北林附近吃日本料理。一整晚，我都没听进去他讲的大道理。

大家总开玩笑，北京一年刮两次风，一次刮半年，无孔不入，穿再多也觉得衣不蔽体。我们站在成府路上打车，被吹得蓬头垢面。天空下起了小雪，雪滴落在坚硬的水泥地面上，化作一摊温柔。

带上皮手套，把围巾紧了紧，兜起羽绒服的帽子罩着头。

慢先生住得离学校不远，先绕路送我到学校。我们一路沉默，沉默地上车，沉默地打开沉默的窗户，沉默地叹一口气，沉默地给彼此一个战友的拥抱，沉默地告别。

凌晨四点，雪停了，我来到阳台上，空气清冽而刺骨，沾了水的拖把被冻住了，末端有漂亮的结晶。

住学生宿舍十二年了，说到十二年，自己都吓了一跳，我总共才活了二十四年。这是我住过最糟糕的集体宿舍，没有独立卫生间，整层楼只有一个公共的盥洗室和厕所，供一百六十七十号人使用。洗澡得去澡堂，隔间半封闭，每个人都被迫回到原始社会，赤身裸体相见，毫无隐私可言。到了帝都最冷的时候，若是洗完头发不吹干，一路走回宿舍，就会被冻得硬邦邦的。

很少在这个时间还没入睡，索性打开门去楼道里转转。有的屋里还亮着灯，可能是在一起看电影，以前的室友常常这么干，半夜看鬼片，几个人一起就壮了胆，看完以后，天差不多蒙蒙亮，入睡便不再恐惧。我继续往前走，听见有人在楼梯间打电话。通常在这个时间还在煲电话粥的只有两种情况，热恋的情侣和正在闹矛盾的情侣。我希望她是前者，但显然不是，她厉声指责着什么，随后声音又低沉下去。当我走到拐角的时候，遇见两个聊天的姑娘，远远止步，不想打扰她们尽兴的交谈。

绝大多数人在安睡，对少数人而言，深夜就是这样一个宣泄情绪、放纵自我的出口，试图在无际的黑暗里消除压力、纷争、疑惑，以及困扰。

大家忐忑地约好对谈。

气氛从沉寂开始，然后第一个人开口，像一锤子敲在铜锣上，紧接着第二个人开了口，然后第三个人。

几乎是各自剥光了，扯下对方的面具，同归于尽，反正没有后路可退。

我跟周舟并未觉得冤枉她半分，还反被诬陷，义正词严，掷地有声，梓婷一度哑口无言。而她的静默哑忍只是短暂的蛰伏，劲头蓄足了，打响反击，来势汹汹，紧紧咬住我跟周舟的死穴不松口。

言语上，三个人蛮横疯狂地揪打在一起，一记后手直拳，向后仰倒的一方鹞子翻身，又呼啸着扑向对方，组合拳暴风骤雨似的落在身上，双方僵持，不相上下，眼看一方摇摇欲坠，又直直撑着，绝不倒下。

那一刻，每个人的面孔都陌生又脆弱，我们每天睡在同一个屋里，却并不熟悉对方。对彼此过去的不知情，导致我们握着误解当正解，差之毫厘，谬以千里。匮乏的沟通让原本早就可以摘除的毛刺，留在我们的体内，拔出来的时候，人人都感受到切肤之痛。

事情发展到这个地步，就算起始是善意，但也终归是选错了方式，上了歧路，谁都难逃罪责。

第一个人哭了，第二个人哭了，第三个人哭了，在盛大的集体死亡之中，所有人都获得了一种难以言说的释放排解。如若没有纷争，没有冲突，没有针尖对麦芒的战火，不过都是二十三四的姑娘，嬉笑打闹，向往温暖和保护。

路走到尽头，反倒有了转向的生机。

我还记得，开学的时候，梓婷是跟妈妈和外婆一起来的。

直到那天她才坦承，小学父母离婚后，她就搬到了外婆家，跟一个年过花甲的老人准时守在电视机前，用无聊的电视剧混过一个又一个夜晚。

虽然跟父母的关系都算融洽，但这种融洽，仅仅停留在提供生活费和聊几句闲天上。

他们从不关心她的生活、学业抑或感情，不在意她有没有给自己添两件新衣，考了多少分，谈没谈恋爱。他们只会问，钱够不够。

而梓婷是那么优秀，成绩总是班里数一数二，尽力把自己打扮得光鲜亮丽，好多男生喜欢她。但这些，仿佛通通跟她父母无关似的，她多想有人来在意，外婆爱她，却不懂她。

她想，也许是她取得的成就还不够大，不够引起他们足够的注意，于是胃口越来越大，目标越放越宽，逐渐变成了一个有野心的人。

可是，她没有关系，没有门路，没有靠山，没有目标，她唯一靠得住的，只有自己。

这个八面玲珑的姑娘，被人骗、被人伤、被人欺，才收起了那些浪漫、天真和轻盈，给自己套上虚伪的外衣。

她不想让自己受伤，于是学会了如何用几句漂亮的说辞给自己留得最大的余地，学会了如何让别人死心塌地为她好，学会了怎样更快地拿到她想要的东西。她也学会了更轻巧的抽身，不留一片云彩的离开，学会了让自己占得利益的最大份额。

她早就看透了，一样东西没实实在在地握在自己手里之前，都是不可靠的，不可信的。

我跟周舟很少体验到的状态，如履薄冰，孤立无援，却是梓婷每时每刻都在遭遇的。

她是父母离异最大的牺牲品，但没有人来为离婚带给她的后遗症——不安、自卑、猜疑埋单。

因为这种不幸，她以一种与我们不同的眼光去看人世。她业已接受世界的荒唐，意识到生活并不像我们钟爱的故事那样，善有善报，恶有恶报，蛇蝎之心可能比那个救它的农夫更大行其道。她把所有人和事都先预设为坏，因此戒备、提防，直到她搜集到足够多的证据去证明它的好。

而我跟周舟不一样，尽管我们知晓这一切，并一再地遭遇这一切，却还是对其怀有理想。凡事皆从好处开始想，然后在长久的观察中给予判断。

我们之间矛盾的深化，是在她还没舍得给予善的时候，我们的善转化为了恶。

恶意与恶意是互相冲突的，它只能激发出更大的恶意，不会抵消，要化解掉恶，必须仰赖更大的善。

或许，路子可以不同，但对于他人身上，我们不能理解的部分，应当保持适度的礼貌与敬畏，毕竟，谁都无权评判谁。

而我们要如何汇聚心中的宽悯，以自己心底最好的部分为介质，让对方的黑暗走到光的下面，我跟周舟，道行尚浅。

第二年，我在荷兰，朵儿在美国，留下周舟和梓婷在北京。

那一整年，除了过年的时候，大家在微信群里发了几条祝福之外，跟梓婷再没有别的联系。听周舟说，她谈了一个男朋友，虽然长相甚至连普通都算不上，但家里有钱，待她也很好。男方家有一家高级酒店，她只需要再等几年，就能轻而易举、名正言顺地当上酒店高管。

没有后台，她只能厝火积薪，凭自己的努力，让手中的筹码多一些。

婆婆常年住在国外，似乎待她也很好，每次回国都给她捎点穿的用的，她也毫不谦虚地晒在朋友圈里，平静地接受着大家的点赞。

她渴望完整，渴望被包围，渴望占有，渴望成功，要用力收获大量的爱，才能填补亲情一枪穿过，子弹留下的孔洞。

成长过程里，不同的体验烙下的情感印记，指引着我们终究走向迥异的道路。

从荷兰回国以前，朋友们危言耸听，会备好全套防毒服来机场接我，北京浓稠的雾霾一定会让我再享受一次学校的医保。

我做好最坏的心理准备降落在帝都，一口黄沙一口土，却安然无恙，一切都平顺地过渡了。

尽管有一个多月的时间，不习惯拥挤的交通，不习惯饭馆里太辣的菜，不习惯面包里各种添加剂的味道，但慢慢就好了。

原来适应能力是自我防卫，让我们变得宽厚，温和，息事宁人。

听起来似乎丢失了很多年轻的棱角，一点儿也不酷，但怎样才酷，一言难尽。

我又去了好多之前去过的地方，南锣鼓巷，什刹海，三里屯，望京，起初的那种大剂量的陌生和冲击感没有了，我像走在自己的王国里一般，万千子民臣服脚下，步子迈得那样从容。

偏见会被撼动，被矫正，而我们也会逐渐摆正自己的位置。

朵儿也回来了，四个人却很难聚在一起。

北京就是这么一个神奇的地方，很多人相识多年，难得一见。

周舟要申请出国念博士，延期一年毕业，每天跟我瞎掰形式主义、功能主义各种流派术语。朵儿和梓婷则加入了求职大军，变成任人挑拣、待价而沽的应届生。再加上梓婷搬到男友家，不再住宿舍，碰头的机会就更少了。

因为隔壁楼使用违章电器出了一次安全事故以后，宿管阿姨加大了查寝的频率和收缴违章电器的力度，电磁炉也就暂时结束了它光荣的使命，退隐江湖。

但我们决定给它最后一次，华丽登场的机会。

朵儿垫了一张椅子，站上去，伸长了手把它从柜子深处拿出来。薄薄一层灰，她鼓起腮帮子一吹，扬了一脸。我们扑哧一声笑出来。

方便面还是大家熟悉的品牌，最爱的口味，只是特意去市场多买了些别的肉跟菜，丢在调料包煮成的汤底里涮。三分面，七分汤，精华中的精华。

世事变迁飞快，改变着围绕这口锅的历史。

先喝一口面汤，再夹起一簇面条，吸溜进嘴里，面条刚从锅里捞出来，烫得人直哈气。时间里，一些味道消失了，一些味道被修改，还有新的味道加入进来，一些味道经得起时间的磨砺，保留了下来。

似乎不管跟谁，不管在哪儿，每次离别，大家都要喝酒，都要喝醉，才算完整的交代，才等于作文写完，画上最后一个句号；等于煮好牛肉面，撒上那把香菜；等于上完厕所出来，打开水龙头洗手。

二锅头真醉人，这串比喻，就是我带着醉意想出来的。

喝多了，说话都变得啰啰唆唆。

周舟上学晚，中间又因为生病休学耽搁了一年，比我们大两岁。她说，等念完博士就突破三十大关啦，哈哈哈，昂首加入大龄恨嫁女青年的行列啦，哈哈哈。

朵儿说，上天什么时候才能赐一个男朋友啊，未名湖都快干涸，长江都快见底，太平洋都小命不保了。

我说，爱真难啊，那么难，又那么简单。

梓婷说，她跟男朋友已经订了婚，婚期定在毕业后的第一个春天。

我们齐齐放下杯盘碗筷，向她身先士卒迈入婚姻围城表示祝贺和钦佩。

那晚，我们一直聊到清晨六点，发了一夜的牢骚，感叹鸿鹄之志，燕雀之命。意识的模糊，使得我忘记了大多的闲言碎语，但唯独记得梓婷说，平凡的人，是没有资格谈自由的，能找到一块自己可以坐下来舔伤口的地方，就是最好的栖息了。

"对，纵有万事还有这一锅面守着呢。"朵儿接着茬儿说。

这是我们毕业前，最后一次卧谈，想起来依然觉得美好，尽管大家各怀心事，且终将走向不同的天地。

一生只够爱一人

她在离去的时分，应当是安稳的。她失去了他，在黑暗中孤独伫立，却也不必再承受，不知哪一刻死亡会降临的恐惧。那种惧怕，啮噬了她生命最后几年，全部的辰光。

巨大的悲伤中，她平静下来，知悉她耗尽所有力气抵抗先降临在她身上的死亡，圆满地完成了这个艰难的使命，将他平安送抵这一世的尽头，不负光阴不负卿。

七点，这个曾孕育父母生命的小县城开始焕发生机。

我站在楼下，看到殡仪馆的车驶进医院，知道他们是来接走外公的。

几分钟后，两个蓝布制服的工人抬着外公出来，十分吃力的模样。那是外公整具躯体的重量，是他饱经一世沧桑之后，沉甸甸的重量。外公身上又被罩上了一层袋子，袋口被严严实实地扎紧，我连外公身体的轮廓也看不清了。他仿佛变成了一件货物，被面无表情的人放进了车里。

工人们动作迅疾地上车，车很快又驶出了医院大门，留下一串噼里啪啦的鞭炮声。长辈们说，放鞭炮能驱走小鬼，并召唤外公的灵魂一同上路。

我们的车跟随在殡仪馆的车之后，一路将纸钱撒出窗外。那是古旧的习俗，死去的人得留下买路钱。彻骨的寒风将纷飞的纸钱和我的外公，都带走了。纸钱上土黄色的粉末刮到了我脸上，混着源源不绝的泪水，凝成了黄色的浆液。

似乎每一个冬季，都与我格格不入。我憎恨寒冷的天气，并固执地穿着单薄的衣服暗自较劲。

十月末的一个夜晚，尽管是初冬，但依旧让人手脚冰凉。刚从校外租住的小区搬回宿舍，还有些不习惯，狭小逼仄、灰尘密布的空间，让人透不过气。

关掉电脑上床的时候，我清晰地记得，那是凌晨一点。

半梦半醒，传来急促而有力的敲门声，朦胧中也不知谁去应了门。有人用手撩开蚊帐，推搡着我，低沉地叫着我的名字。

带着残留的睡意，我从嗓子眼儿含糊地挤出两个字："谁啊？"

"外公去世了。"

弹簧般立身而起，被子从肩头滑落，猝不及防的冷空气让我浑身一颤。

"几点了？"

"三点。"

"现在怎么办？"

"马上回去。"

整座城市沉沉地睡着，均匀而安稳地呼吸。车辆疾驰在深夜的高速公路上，路灯唰唰掠过，晕成一条昏黄的线。世界并无任何异样，一片漆黑，只是有的夜来临后，有些人永远无法在天亮时醒来。

走入医院，时钟显示六点，天色微亮。

楼道里，病人陆陆续续起了床，在他人的搀扶之下，出来走动。四周都笼罩着一种新鲜却死寂的气息。一条长凳上，坐着些许时日未见的亲人，我看了看离他们最近的那扇门，知道外公就在里面。

"别看了，都弄好了。"

都赶来了，无论如何也要看一眼。

门吱吱呀呀地被推开，我看到了外公。他被从头到脚包裹了起来，双脚的位置，床底燃着一盏蜡烛，烛油缓缓地淌在带金属光泽的小碗里，烛影投在墙上，摇摇曳曳，仿佛是这个世界陪伴他的最后一束温暖。

蜡烛的光，会照亮外公去往另一个世界的路。

门再次被合上。

当我抵达殡仪馆的时候，外公已经从车里被抬出来。工人拿着大剪刀将尸袋利索地剪开，解开包裹在外公头脚的布，把他放进棺里。

我终于看到外公，跟三个月前的一样，睡觉时没戴假牙，嘴微微往里瘪，神情安详，像是沉浸在一场美梦里。似乎再过十分钟，就会醒过来，待保姆打一盆温水，漱口擦脸擦身子，然后坐在八仙桌前，挂上围腰，喝一碗糯米清粥，就着一小碟从黑黢黢的泡菜坛子里捞出的腌白菜。

他总说菜不够，让保姆把菜摆得满桌满席，却吃得越来越少，像个再也鼓不起风来、坏掉的风箱，嗡嗡都是空洞的回声。他热爱营造出丰饶的假象，像是儿孙绕膝，团聚和乐。但他们都在他去不了的大城市，做着他年轻时做的梦。

上次看望他，从家离开，我说"外公我走啦"，他没有表情，口水从嘴角流出来，保姆拿手绢擦掉。我凑近他耳朵，提高分贝，说："外公我走啦！"他微微将手抬起，噢，噢，走啦，走啦。我说，对，走啦走啦。他说，走啦走啦。我们像是彼此的回音，把最后的别离盘旋得格外悠长。

殡仪馆的工作人员，提着小箱子过来。先拿出银色的刮胡刀片，捏在两指间，将他嘴边与下巴不多的胡楂儿细细剔去。然后，抹上粉底，刷上腮红，涂上口红，外公苍白的脸颊与嘴唇有了一丝血色。棺盖被两人一头一尾抬起，盖上。我听见小时候楼下因有人去世而搭起的棚里，传出的哀伤沉重的调子。

外公与外婆的故事，一直是我心中的一部传奇。

记忆里，他们从来没有年轻过，他一直就是北方个头儿的南方老人，身姿挺拔，脚步矫健，整日戴着画家帽，挂着老花镜读书看报，温润祥和。她一直就是那个瘦小的老太太，银白色短发齐整地挂在耳后，生着一张腹有诗书气自华的脸，眼睛细细的，某种玉石般，晶莹有光，微尖的下巴给人一种骄傲之感。

听大人说起，外婆本是大户人家的小姐，娇生富养，十指不沾阳春水，却偏偏爱上空有满腹才华、穷困潦倒的外公。她并非是要跟家里作对，也不是没想过，找门当户对的公子哥嫁了，但外公的出现，打破了原则，成为她的例外。

家里明确反对她的决定，外婆窝在被子里哭了一夜，不改初衷。次日清早，给曾外祖父磕了三个响头，收拾好随身衣物就要告辞。曾外祖母一路追到村口，也没追回她那颗去意已决的心，只得涕泪涟涟地从怀中掏出几样金银细软，交到外婆手中。末了，连一句想要交代她的像样的话，都抽泣着说不清。外婆紧紧握住曾外祖母颤抖的手，什么都没要，深深鞠了一躬，消失在了小路尽头。

刹那的决定就如将一页纸对折相黏，背面变成正面，无法翻盘。

十指不沾阳春水，今来为君做羹汤。

没有嫁妆，没有婚礼，外婆从此走入寻常烟火，拾起柴米油盐酱醋茶。一旦落入尘俗，她就完全没了大小姐的作态，里里外外都是一把好手。

等待她的生活，是在院落间，一处拥挤的小屋里，生下五个孩子，一个一个拉扯大，忍受夜里不间断的哭闹，在屋里横冲直撞、任何毒药都奈何不了的老鼠跟蟑螂，街坊四里的唠唠叨叨，还有停不下来喘口气就得去处置的繁重工作。

她是个会计，随时要保持头脑清醒，才能保证那些庞杂的数据不会出现任何差池。她是个母亲，物资贫乏的年代，她想尽法子让生活变得有滋味，让孩子们吃上些好东西。

而外公也不负她当初的决然，工作勤恳，能力出众，上司颇为赏识，很快便升职为银行的中层干部，拿着一份可观的薪水，家里的生活色调一点儿一点儿明亮起来。

"文革"来了，偏安一隅的小县城没闹起太大的风浪，但他们还是双双被派到邻县的五七干校学习。小的孩子带在身边，大的孩子留在家中自己活命，实在顾不过来，就托给远房亲戚照料几个月，可怜那远房亲戚又是个驼背老太太，比不得正常人。生活周转起来，左支右绌，丑态百出，总归是连拖带拽，把一家人一个不落地拉进明天。

中间那漫长流逝的年月，于我而言，绝大多数都是空白，我亲眼所见的，已是他们逐渐走向衰朽的尾声。

第一次到外婆家，因为遥远颠簸，我一路晕车，面如土色。

一位老人打开门，立领盘扣紫红上衣，洗得极净，熨得极展，散发着肥皂的淡淡清香。她蹲下将我一把抱起，嘴里念叨着："唉哟，乖乖，终于回来略。"然后我"哇"的一声，吐了她一身。外公就在她身后，咧着嘴笑，接过母亲手里的大小物什，去烫一根热毛巾来给母亲擦脸。

我每年固定在两个时间回家看她，暑假跟寒假。相比成堆的暑期作业，我更期待寒假。那时候的春节还保留着传统的生趣，挨家挨户地拜年，鞭炮爆竹随处放，到哪儿都有压岁钱拿，大年初一撵在大人屁股后去寺庙里烧高香。

最令孩子雀跃的是，这个时点，会有些平日里吃不到的好东西。

外婆必定亲自操持年货的置办，去相熟的肉贩子手里买回上等的猪肉，肥瘦三七开，用调料拌匀。她对味道的拿捏总是恰到好处，不用尝咸淡，就无比精准。

轻微的洁癖，使得她清洗肠衣的时候，格外专注，她知道加入小苏打，会将肠衣洗得更加干净。外婆熟练地掌握着灌香肠的手艺，从她手里灌出来的香肠，两头打着漂亮的结，中间饱满得像婴儿的手臂，肥肥壮壮的，看着就想咬一口。

而我最喜欢的，是跟着她去县城的郊野熏香肠，那时香肠已经在户外晾了三五天。外婆搬来一只大铁桶，在下面把火升起来，我就帮忙把柏树枝、干橘皮都放进去。柏树枝会腾起浓稠的白烟，很呛人，我每每都是把树枝往里一撒，就跑出老远瞧着。但经过了这一道工序之后的香肠，特别香，香气就快冲到天灵盖。等到火气消散，我能一个人吃完一整节，吃完欢天喜地再把所有指头吮一遍。

因为我爱吃，这成了她每年绝不食言的许诺。但后来，她再也没办法亲手做，便坐在一旁，督促着保姆完成每一道烦琐的程序。

一切都是对的，就是味道不对了，外婆独自在角落叹气。

最后那几年光景，生活的困难变得非常具体。

两个八十来岁的老人，一个失去自理能力，另一个也疾病缠身，却又想事事亲力亲为。

虽是雇了保姆，但无论洗衣做饭，都远不及自己的标准。上了岁数的人，许多都会遭遇这样的困境，自己锤炼一生的生活法则，不得不为一个非亲非故的人而妥协一部分。怕人家说走就走，撂下摊子不干，嘴上拗着劲儿顺着来，夸着哄着。

生活变得如何单调，她骨子里并非一个热情腾腾的人。外公晚年又患上老年忧郁症，一辈子的精气神儿没了，眼睛已不再能再像前几年一样，放出矍铄的光。两人常对坐无言，一个整天，连着另一个整天。

而这种活着的陪伴对于他们而言却又如此珍贵，缺失不得。

年龄一大，就免不了跟疾病打交道。不管是外公还是外婆，每一次入院，熬过最艰险的病情，出院之后的两人，满头星霜，十指相扣，流动着劫后余生的况味，仿佛又闯过了一次生离死别。

日子浅淡又苦涩，仿佛剩下的都是枯朽，那欢愉都得到从前的辉煌里去榨。极易理解，许多人到了晚年开始信佛，他们从宗教中获取慰藉与开解，顺天应命，摆脱生之末梢的折磨。

外公最后住院的期间，儿女们担心外婆身体抗不住，轮班值守照料，每夜都送她回家休息。但人对死亡往往有种奇异的预感，外公离世那夜，她便整夜睡不着，魂不守舍，瞪着天花板挨到天亮时分，等来了噩耗。

跳动的尘埃落定在生之终点，向岁月缴械投降。

外婆一生操劳，落下了满身病。

按姨父的话说，外婆的身子早就抵不住这些经年累月的病痛。这么多年，她实在不放心把外公交给别人照顾，一直用顽强的信念撑着，直到安然看见外公走在她前面。绷住的意志一松懈，死神便一把扼住了她的喉。

当初义无反顾做了抉择，日后吃透了苦，受够了罪，也没什么好抱怨的。

俩人从二十出头的花样年华开始，摸爬滚打并肩作战了半个多世纪，在每次"大敌"入侵的关头，同仇敌忾，情感的浓度早就稠过了爱。

得知外婆的死讯仅仅在两个月之后，平安夜，我在滨江路上的自助餐厅接到母亲打来的电话。旁边的混血小孩儿，不消停地哇哇叫，挥手就把一杯红酒打翻在地。教堂里虔诚的歌声，伴着外婆的灵魂上了天，她不再留恋地，转身走向永恒的长夜。

我风风火火往回赶，等待我的仅有一只方方正正的小匣子。这让她的去世对我而言，始终有一种失真感。他们伫立在夜之将至的黑暗里，向着对岸的世界无可阻挡地走去，而我没有任何能力，将他们留下。

外婆与外公合葬了，彼此搀扶着，磕磕绊绊地，走完了人生。跨越阶级与门户，他们今生最大的愿望，便是不要失散。

也许对于儿女而言，是种残酷的剥夺；而对于外婆来说，却不失为如愿。

阴阳先生在墓碑前进行着下葬的仪式，神秘、肃穆。我转过身，看到墓园里黑压压的墓碑，倏然觉得生死之间，不过一堵门的距离。那上面一笔一画刻着陌生的名字和他们的生卒年份，每一块墓碑之下，曾经生龙活虎的人化为一堆粉末和细小的骨头，他们一生的所有荣誉、苦痛、欢乐、悲伤都蕴藏其中了。

敬香烧纸，烟雾缭绕，火光太旺，吞噬了纸钱，映红了墓碑，一道无形的屏障，将撕心裂肺隔在了尘世的这一头，挽不回命运的脚步。

回到外婆家，正屋内外公的遗像旁，多了外婆。那是两张年轻时候的脸，清秀英武，还未被世事摧折。

儿孙们将这套不大的房子挤了个水泄不通，此刻的表象繁荣是如此虚妄，明日一散，不知何日能再会。

我想起过去的春节，一大家子人聚齐时，到处都洋溢着热络的气氛，和和睦睦，喜喜气气。

我是家里这一辈最小的孩子，也理所当然成了大人们宠爱的对象。小孩子总是人来疯，人一多就来了展示欲，在大家的起哄声中表演各式各样的节目，以换取满屋的掌声与赞许。

我们将枣红色的皮沙发围拢来，像围起高高的城墙，买一袋零食，躺在里面看每个暑假都不厌其烦地重播的电视连续剧，《西游记》《新白娘子传奇》《还珠格格》。我们把家里的首饰都翻出来，一件一件横平竖直摆在地上，模仿街边的套圈游戏，看谁赢得多。过年领压岁钱，按古风，要先给外婆外公磕头，那时我还默默讨厌这种看起来封建不堪的习俗。

有一年外婆的生日，我们几兄妹一齐上街给她挑礼物买蛋糕，最后买回了一个摆件。一对头发花白面容慈祥的老人坐在一轮弯月上，安享晚年，手指轻触月亮，老人便会悠悠然然地摇起来。

物是人非，时间像小时候玩过的石磨，碾碎了过往。

深夜，我执意要留在老房子里。

　　以前看灵异故事，讲到有人去世的屋子里，故人魂魄重归等等。但至亲的离开，反倒让我觉得不再害怕，希望他们能回来，不论何种形式。如果死亡是善良的，那一定有回归的路。

　　烛光摇曳，我静静坐在堂屋中间，痴望着烛影思考死亡，想起外公离开后，外婆最后的两个月。

　　那六十天，寄命尘世，一定夜夜难眠，孤寂苦涩，残梦不断被惊扰。外公的存在，像是最肥沃的土壤，最温暖的季节，她要扎根其中，生长其间，才能花繁叶茂。听说，即使外公在世，她有时半夜惊醒，也会下意识地用手指，去感受他的鼻息。她是如此惊惶，害怕他会离去，而当他离去，她又是如何了无牵挂，卸下心中的一块大石。

　　他的离开，土壤干涸，气温骤降，没有一丝滋养。外婆是正午坐在椅子上就突然往下滑的，送到医院，很快就不行了。如一朵凋敝的花，无力支撑，无力坚强，于是崩解开来，花瓣片片坠落，寂灭在空气里，再也无法重新组合。

　　那又何必等回归，将他们苦留在这片烟尘之地。

　　马达加斯加人相信，死亡是生命在彼岸的开始，应当给予庆贺。

　　半年后，我再次回到了老屋。

　　所有的家具都被罩上了隔尘布，柜子里的东西几乎被清空，外公外婆常睡的那间屋上了锁。冷清而寂寥，四处散发着一股了无人气的萧瑟感。它是那样悲伤，一副被遗弃的模样，保留着人们离开时，最基本的陈设。建筑的温度本源于人的温度，人一走，建筑也就回归了它天然的冰冷质地。

　　我尝试着从这个空间里检索十年前的记忆，物证人证的双重缺失，使得回忆显得苍白无力，而内心却因一切都尘埃落定而感到平顺。

　　此刻却突然教我领悟到，我对外婆的理解或许并非正解。

　　她在离去的时分，应当是安稳的。她失去了他，在黑暗中孤独伫立，却也不必再承受，不知哪一刻死亡会降临的恐惧。那种惧怕，啃噬了她生命最后几年，全部的辰光。

　　巨大的悲伤中，她平静下来，知悉她耗尽所有力气抵抗先降临在她身上的死亡，圆满地完成了这个艰难的使命，将他平安送抵这一世的尽头，不负光阴不负卿。

再算也算不过命

无人能保证，自己做出的每一个决定都正确无误，而残酷的是，我们别无选择，必须带着过去所有的决定和那些决定带来的结果，继续活下去。

渴望美好，却又随时被伤痛提醒，左冲右突，一个人活成一座丰碑。

每所学校外面，总会开着几家照相馆，王叔是其中一家的老板。

我跟王叔熟起来纯粹是因为我有一个极其刁钻的朋友——糖豆。众所周知，登记照几乎是这辈子所有影像中最拿不出手的一类，如果有人愿意跟你分享登记照，那差不多意味着把你当真朋友看了。

那次，糖豆为了把一张登记照照出写真的效果，活生生从下午一点折腾到四点。光拍就不下五十次，接着修图修了俩小时，每一个毛孔，每一条面部曲线，每一缕头发都一丝不苟。王叔好几次濒临崩溃的边缘："小姑娘，看你挺面善的啊，怎么……"

"老板息怒，她是处女座，嘿嘿，处女座。"

糖豆完全不在意王叔说什么，专注地指着屏幕："老板，你看，鼻子这儿是不是还得再调一下？"

我在旁边不停打圆场，才好歹把气氛缓和了下来。

临走，王叔长叹一口气，拍了拍糖豆的肩："小姑娘，以后可别来我家照相了啊，我倒付你钱，去祸害同行吧。"我拉起糖豆就跑，似乎再多停留一秒，王叔就会把整条街炸飞。

自那以后，每次经过王叔的店面，他见我，都大喊一句："记得啊，别让你那同学再来了。"我赶紧唯唯诺诺赔不是，心想：糖豆你这混蛋，撒下的烂摊子还赖在我身上。

2002 年，我念初一，因为成绩好，就算逃课，老师也睁一只眼闭一只眼。每到数学课，我就大摇大摆走出校园闲逛。

王叔坐在照相馆门口吐烟圈，看见我，手一招："姑娘，你过来。"我在心里咒骂了糖豆一万遍，乖乖走了过去。

"坐。"王叔把头往左一撇，烟还剩一大截，他潇洒地一脚踩灭。

"你学习好，老师挺宠你吧。"

"你怎么知道？"

"但是跟同学的关系一般。"

"你怎么知道？"

"你呢，算个有福之人，一生顺遂，关键时刻总能遇到贵人。嘴角这颗痣，虽然聚财，但容易招小人。"

"你怎么知道？"

"我懂点看相。"

王叔每天给人照相，看得最多的就是脸，各式各样的脸，各种组合的五官，闲来没事，便钻研起了面相。

这种冥冥之中控制命运的力量，让年少的我感到新鲜而神奇。于是，逃课的时候，便常去王叔的店里，听他胡侃。

王叔说起话来，中气十足，眉飞色舞，手剧烈地上下挥动，虽然只对我一个人讲，但感觉他的心中，自带舞台和无数个听众。有时，他干脆打开电脑，随便挑几张相片出来，现场案例分析。

"这人的下巴尖斜，不容易树立威信。"

"你看他鼻子，中间有很多乱纹，肝胆不好。"

"两边的颧骨，气色灰暗，说明最近事业处于低落期，很可能信用方面出了问题。"

那段时间，我感觉自己掌握了许多不可告人的秘密。

过完寒假，去学校报到，顺道拐去王叔的照相馆。

他依旧坐在门口抽烟，瘦了很多，神色低落，右手打着石膏，不知在哪儿摔的，似乎伤得不轻。王叔再也不洒脱地剩下一大截烟不抽了，他把烟抽到烟屁股，过滤嘴都得抽完，直到烧了嘴。

那竟然是我第一次认真端详他的脸，脑中顿时浮现起早前他侃侃而谈的面相学："人中浅窄，嘴角歪斜，下巴尖削，代表晚年孤独，无亲无故，虽衣食丰足，但空虚寂寞。"

来了顾客，王叔显然还不习惯单手操作相机，我在他的指导下，调好了脚架和角度，但他伸出左手摁快门的时候，始终很别扭。

由于逃了一学期的数学课，成绩一落千丈，班主任把我叫到办公室，狠狠训了一顿，决定从此对我严加看管，自由的校园时光沦为历史。

每隔半月，我还是定期去照相馆，跟王叔打个照面。但看相之事，王叔却没以前谈得多了，偶尔提及，也是匆匆带过。想必是不愿让我知道太多吧，说不定他哪天不想再照相，转行去街边摆个小摊儿，给人算算命，挣点儿清闲钱，老年生活也算充实。

有一天，王叔突然在网上查起法律来："姑娘，你快来帮我看看，这个诈骗，国家要怎么判？"

"谁谁谁，谁诈骗了？"

我佯装平静，但嘴上的急切暴露了我的好奇。

"我女儿遇人不淑啊，交了个男朋友，没想到是个骗钱的鬼畜生。"

"他骗了她的钱，然后把她甩了？"

"那人高价买了学生的个人资料，先冒充教务处老师说学校升级学籍系统，让学生关机半小时之后，登录用户名，获取最新信息。再趁学生关机，打电话给孩子父母，说孩子在学校出了事，急需用钱，让家长赶紧把钱打到卡上。听说，骗了十几万呢，现在他一口咬定我女儿跟他是一伙的。"

上周去老师办公室取作业的时候，隐约听得些风声，没想到居然跟王叔女儿扯上了干系。

"哎，我这孩子，从小就天真，别人说啥就信啥，肯定是被冤枉了。"

那年五月的天气格外反常，雨下不停，偶尔一两天又热得丧心病狂。

我打算一个人去长江边吹风散散心，顺路跟王叔打声招呼，却发现照相馆关了门，没贴任何告示。

走到路边的电话亭，拿出 IC 卡，想拨个电话，才意识到，我们竟从没留过对方的联系方式。

长江水涨得老高，满耳都是滔滔的凶猛咆哮声，上游飘来的死猪死牛、树枝木板，顺着江水流到更下游的地方去。它们都逃不脱一个叫唐家沱的地方，大人说那儿是天然回水沱，状如胃囊，溺水死掉的人多半在那儿能捞到尸体。我在江边每次一坐就是一整个下午，时间流逝得缓慢而真实。

整整半年，都不知道他去了哪儿，从隔壁的文具店老板那儿，听来了关于王叔女儿的消息。

就在他跟我提起那事之后不久，检察机关就正式对王叔女儿和她男朋友提起了公诉。王叔在亲友面前，斩钉截铁地宣称，女儿百分之百是无辜的，他一定要帮她讨回清白。然而，庭审现场，王叔面对确凿的呈堂铁证，彻底傻了眼。

她女儿不仅没被冤枉，还是这起诈骗案的主谋。而她诈骗的念头，正是源于王叔在学校周边开照相馆，于是联想到学生和学生家长好骗，左右打探到了这些学生的身份信息。

如果说，王叔女儿跳进了自己一手挖凿的陷阱，那他则是一开始把她带到陷阱周围的人。

庭审结束，浓郁的悲伤和讽刺将他紧紧包裹，曾经夸过的海口，此刻无疑成为雪上那层，被人唾弃的霜。

　　年过半百的男人，精心维护多年的面子，就这么跌在地上，被走出法院大门的人们，踩出生脆的破裂声。接着地面变成一整块冰面，斜长的裂缝横穿而过，巨大的轰鸣声拖着他，坠入刺骨冰凉的水中。

　　又过一个月，照相馆终于开门了。

　　王叔这次没打着石膏回来，但晒黑了很多，话也更少了。随口聊了聊闲天，看他没劲儿搭理我，便在附近兜了两圈，回学校上课了。

　　他开始变得沉默，看得出来，那是一种刻意为之的自保性防卫。

　　一开始人们总是口无遮拦，生活中的挫折与伤害，成就了我们日后的隐忍与含蓄。

　　某天，搬家公司的小货车开到王叔店铺门口。我刚巧路过，心里盘算着，这下他可是真的要改行去街边摆摊算命了。

　　走到跟前，王叔都没正眼看我："来，帮忙搭把手，一起往屋里搬。"

　　原来王叔把家里的房子卖了，大件的家具、家电也一并处理了，余下些生活用品和日常衣物，挪到照相馆里间的暗房。

　　从前，学校上晚自习的时间，王叔是打烊回家的。现在开始，工作和生活的地点合二为一，白天照常营业，夜里就拿出一张行军床，搭在正屋中间，睡醒了又收起来靠在墙边。

　　晚上七八点，小街的店铺大多打了烊，他就独自在门口的人行道上搭张小桌，买两份卤菜下酒，喝到困倦。

　　他不看电视，不听收音机，偶尔无聊，就上网打那种不费脑的在线游戏。他最爱的游戏是打地鼠，冷不丁地出现在屏幕各处，他要以最快的速度，把它们打回地里。

那种肤浅的快乐和成就感，让他一旦打起来，就忘乎所以地，把时间投入一轮一轮的游戏中。似乎那些地鼠就是日常生活里，他摆不平的麻烦，在虚拟世界里，可以轻而易举地搞定。

奇怪，王叔的老婆呢？离婚了？

我倒也懒得问，那时刚升入初三，面临中考，压力很大。

实在不想看书的时候，还是会溜出学校，找王叔说说话。

"你考试的时候，有没有在你最不会错的题目上犯错的经历？"

"当然有了！"

"想过为什么吗？"

"老师说，是因为太有信心，觉得自己在这道题上肯定不可能出错，所以就放松了警惕。结果有难度的题反倒没错，不该错的题丢了分。"

夜空很亮，王叔仰靠在躺椅上，不再吭声，漫天星斗，兀自闪耀。

肉眼可见的星星，在几百万年之前就已经死了，但它的光，要跋涉好多亿光年的距离，才能到达瞳孔。

我如愿考上了理想的高中，毕业典礼结束后，专程去跟王叔告别。

王叔留我跟他一起吃饭，我没拒绝。晚饭还是卤菜，只是从两道变成了四道，王叔给我盛了一小杯古蔺产的仙潭酒。

过去都是他一人自斟自饮，今天也算有喜事，破天荒陪他喝一回。

喝到三分，王叔频频举杯，盛赞今天卤肉摊的猪耳朵做得带劲儿。

喝到一半，狂风大作，我们手忙脚乱把桌子和凳子往屋内挪。

喝到六七分，王叔眼泪汩汩地往外冒。五十多岁的男人，一把鼻涕一把泪，肩膀一抽一抽的，哭得像个小孩儿。我看得心酸，还渍得有点儿疼，像打翻了咸菜坛子。

"别别别，王叔，高中那学校离这儿挺近呢，我没事儿就回来看你。"

也许王叔流泪跟我的离开没有半毛钱关系，但在那种难耐的沉默里，至少需要一点儿鲜活的话语来缓和，于是我像个蹩脚的戏子，大脑一片空白，说着些不知合不合时宜的台词。

他的目光和泪水都一并落入面前的酒杯里，掀起微乎其微的波澜。

多年来，王叔在我心中都是神秘的硬汉，但他哭起来的时候，我感到穿堂冷风飕飕地，吹进这间陪伴他多年的房子。

他扬起头，拿袖子豪迈地往脸上一抹，连喝三杯，这下，差不多醉到九分了。

王叔老婆本来是附近小学后勤部门的中层干部，没料到有人向上级有关部门匿名举报，学校食堂在采购环节中吃回扣。

这事儿本来是校领导所为，但为了保住乌纱帽，不得不找人背黑锅，便栽赃给了王叔老婆。明面上立马将她开除，私底下给了二十万封口费。

事情一时闹得沸沸扬扬，多家新闻媒体争相曝光，记者每天不消停地拨着王叔老婆的电话，甚至到小区门口围追堵截，希望能获得独家内幕消息，抢占明天本地新闻的头版头条。要是能把某位官员拉下马，那就更好不过了，绝对是围观群众喜闻乐见的结局。

王叔一向为人耿介，容不得这种见不得人的勾当，再加上现在人尽皆知，街坊邻里面前，说什么也脸上也挂不住。

他老婆声泪俱下地解释，自己不过是一枚任人摆布的棋子，领导要把她放在哪儿，她就得在哪儿；领导要把她逐出局，她就得走人，确确实实是被人诬陷。而王叔始终心存怀疑，对她的失望赤裸裸全写在脸上。

当年春节，合家团圆的除夕夜，王叔老婆再次与王叔在阳台上发生争执。窗外，爆竹放得噼里啪啦，俩人一声高过一声，吵得不可开交，其他家庭的幸福此刻仿佛都是为了烘托他们的破碎离散。

王叔自然是不可能跑去找领导当面对质，他也没脸跑到人家办公室或是家里大闹一场。当事件中的一面之词，无法得到更多的佐证，对事件本身的信任程度就纯粹变成了对一个人的信任。

可王叔怎么都拗不过心里的那道弯，戏剧化的情节可以出现在电视剧里，也可以发生在别人的生活里，一旦落到自己身上，怎么都觉得不真实。

不真实，说白了，就是王叔觉得他老婆在撒谎，撒一个弥天大谎。

一个气得怒不可遏，一个哭得撕心裂肺，愤懑与委屈，隔着深深的鸿沟，无法握手言和。

王叔一不注意，他老婆就已经爬上窗台。他下意识一个箭步猛扑过去，她已纵身跃出。王叔不仅没拉住，反倒被巨大的力量一拽，撕裂粉碎性骨折。

紧接着，双耳被着地的巨响灌满。

二十五楼。

有人在尖叫，有人在狂奔，有人在报警，有人在叫救护车，王叔觉得世界天旋地转，然后一切戛然而止，像是电脑瞬间黑屏。

三十年，自他们从民政局领回那个小红本。一起摆过地摊儿、卖过烤串、做过粮油生意，风餐露宿的苦日子齐心协力扛过来，彼此理应是心无芥蒂的信任。但他没有，他自私地紧握自己的判断，信奉着自己的逻辑推演，油盐不进，充耳不闻。

他觉得自己蠢透了，就算全世界都不相信她，他怎么也可以与那些风言风语一起，从旁拆台，使她最终心灰意冷，无处逢生，竟做出那般抉择——以生命为代价，呈上一颗血淋淋的赤诚之心。

人在世的金钱、权力、地位、荣誉全都带不走，我们唯一能带走的恐怕是爱，爱让我们温暖，有依靠，被相信，但她在临终之前，两手空空。

这理解来得太迟了，人事皆变。王叔越想，越觉得自己无可饶恕，正要翻身往外跳，被从客厅撵来的家人齐齐拉住了。

故事从喝过酒的王叔嘴里出来，丝毫不似醉汉的一派胡言，反倒粗犷而诚实，带着最原初的质感。

面对他女儿的入狱，我好歹还能凑出几句宽慰的场面话。但听完这一段，我只剩无言，把盘子里的卤花生米一颗一颗夹起来，一颗一颗嚼碎了咽下去。

整个世界的运行规则是超越任何预测的，尤其是拧在每一台生命机器上的千万螺丝，很少有人去细致检查它们是否还正常运转，但碰上关键的几颗出了问题，机器就变成猛兽，反噬人群。

"我老是给别人算这算那，命理几何，运势走向，净给别人出主意，怎么消灾辟厄，怎么趋利避害。可笑的是，却没看准身边这两个，对我来说最重要的人。"

命运能掌控吗？似乎可以，但当这种掌控一朝失手，以覆水难收的结局登场的时候，那种毁灭便加倍地惨烈。

潜水员死在海底，作家患上抑郁症，情感专家被劈腿，开了一辈子车的老司机丧命于半道，马戏团驯兽师在好戏上演时被狮子一口咬住脖颈。

看似强大的盔甲，一旦被掀开，戳中的都是最软弱的地方，是要害，是命门。

以为坚不可摧，于是掉以轻心。

容易错的题，检查了又检查，生怕出了差池，却在笃信无误的地方，一败涂地。

被老师训一顿还好，下次长个心眼儿，不要再错。只可惜，人生考场规则严苛，王叔连补考的机会都没有。

无人能保证，自己做出的每一个决定都正确无误，而残酷的是，我们别无选择，必须带着过去所有的决定和那些决定带来的结果，继续活下去。

渴望美好，却又随时被伤痛提醒，左冲右突，一个人活成一座丰碑。

图穷匕见心方死

一段感情里，让对方感到最难以接受的不是悲痛欲绝，也不是恨之入骨，而是彻底的无视。是他从最特别的存在变成跟街边贩卖狼牙土豆、糖炒栗子、臭豆腐的无照小贩们一样，最最普通的那一款。不会多看一眼，也不会恶语相向，不带任何多余的感情。

卑微到彪悍，热烈到凉薄，都是现实所迫。

沫子在我去电视台的第一个星期，每天都和我坐在相邻的编辑间里，从早到晚不说话。

她跟我不在一个节目组，但我知道，她们的节目收视率在台里向来走高，那块伫立在台门口正中央的电子屏上，显示着各个栏目一周的收视率，她们总是常胜将军。

我下班离开的时候，沫子一动不动，第二天上班来的时候，还是一动不动，像一尊已经石化的雕像。电视台门口，常年睡着些人，画着大字报申诉各种不公，求报道、求曝光。我在想，沫子是不是也和他们一样，把窝都挪到台里了。

到了第七天，临时接到曹君吩咐，要处理他在陕西调查的一段视频。我带着一丝不快，第一次在朝九晚五的时间之外留下来。

原来电视台是座不夜城，灯火通明，照耀如白昼。

加班的大有人在，好些是白天在外跑采访，晚上回来编辑，大把大把还没打过照面的新鲜面孔，带着倦容，推门而入，默不作声地从工作间到剪辑间，泡一杯咖啡坐下来。整个夜晚的编辑室都弥漫着浓郁的美式咖啡味道，在咖啡因的作用下，大脑神经被强行唤醒，熬到三四点是常事。

九点半，终于收工，我站起来，伸开双臂，将身体停留于一个绵长放松的懒腰上。沫子也刚好站起来活动筋骨，我俩的手，双双打在对方脸上，又同时转过身，低声道歉。两张因长期面对屏幕而显得暗哑无光的脸上，流露出同类相惜的体恤。

冷淡杯是成都本地的一种夜宵叫法，初夏到晚秋之间，生意最好。几张桌子、椅子随意摆在街头院落、河边道旁，卖的多是炒田螺、炒龙虾、煮毛豆、煮花生、卤豆干，客人心有灵犀地避开沉重的话题，淡淡絮叨着，吃到午夜也不肯散场。

沫子比我大一岁，看上去明显比我成熟不少，这或许跟她做的节目有关。家长里短，情感纠葛，节目现场请来的当事人大哭大闹，唇枪舌剑，甚至大打出手都是常有的桥段，场面越混乱，重口味的观众越爱看。

我在电视台附近十字路口的一家冷淡杯摊位旁坐下来。太晚了,不适宜吃浓油赤酱的大鱼大肉,就随便点了几样小菜,满脑子想着果腹之后回去倒头就睡。

过了一会儿,沫子也来,坐在我斜后方的一张小桌。

二十分钟后,一辆黑色的玛莎拉蒂停在路边,将她接走。

我们仍旧坐在相邻的剪辑间里埋头苦干,大多数时候各自戴着耳机不说话,有时候起身接茶水的时候,路过身后,能看到对方的显示屏。

那天,沫子刚巧剪辑的节目主人公是一个劈腿三次的女婿。在录制过程中,他先是公然下跪在丈母娘面前,声泪俱下地道歉。丈母娘直接甩起手腕就扇了他两耳光,他居然也转而怒火中烧,猛地起身,狠狠推得丈母娘往后跟跄了几步,仰倒在座位上。主持人和嘉宾连忙上前制止,旁边坐着女儿,满脸习以为常。

情节太刺激,我看得入神,竟忘了要去做什么。

实习到一个月的时候,我跟沫子彼此相熟。

每天不论加班到几点,都雷打不动地出现在楼下的黑色玛莎拉蒂是男朋友的车,刚认识四个月。

"噢,那我以后就叫他玛莎拉蒂吧。"

万圣节,沫子约我去北边的欢乐谷玩儿。几乎不敢看鬼片的我当天简直被吓破胆,满园子的鬼怪,各种血淋淋的人体器官,突然弹出来的眼珠子,不管走到哪儿,都防不胜防。沫子嗜此不疲地从一个鬼屋窜到另一个鬼屋,光看名字都令人毛骨悚然,"冤魂校舍""血染废弃工厂""生化古堡""灵异殡葬场"。进去的时候还是两个正常少女,出来就变成张牙舞爪的疯婆子。

快到十点,她激动地把我拉到游乐场的中心,说嘉年华的游行队伍快过来。路上才被三个僵尸突袭的我已无心观战,只得死死靠着沫子,连厕所都不敢去。因为厕所全被改造成了"午夜卫生间",听起来很不妙,大概会像电影里演的那样,有天花板滴下来的血,或是下水道里伸出来的手吧。

沫子的手机在大衣口袋里振动,是个陌生号码,她拿出来挂掉,雀跃地望着队伍过来的方向。

手机响到第五次的时候,她准备关机,一了百了,我当机立断替她摁了接听。

音乐是沸腾的死亡金属摇滚,欢乐谷被震得底朝天。沫子一手拿着手机,一手塞住另一边的耳朵,迈着小碎步,往人少的地方走,大声嘶吼着"喂,喂,喂",用尽丹田之气。

鬼魅大巡游来了,我想起沫子,踮起脚发现她已经到了人群的边缘。

我扒开人堆跑向她,却发现她刚讲完电话,脸色煞白,全身止不住地颤抖。

"哈哈哈哈哈!"看她的囧样,我当即笑成筛子,谁撂下大话说什么都不怕的。

她紧紧抓住我的手臂,感觉骨架都快散了:"我得去找他一趟。"

欢乐谷的位置太偏了,来是沫子表哥开车顺道送来的,玩兴当头,我们居然忘了考虑如何回去。

黑车师傅殷勤地尾随着两只被吓得晕晕乎乎的猎物，一问价格，高得离谱儿。但所有的师傅都串通好了，垄断经营，不管哪个车都是一个价。

沫子心急如焚，随便挑了辆车就往里头钻，师傅把夏利当法拉利，风驰电掣，车身一路上哐哐当当，似乎随时会有零件飞走。欢乐谷已经够吓人，这一路上更是提心吊胆。

车到小区门口，沫子说，她要先去找玛莎拉蒂。

我付过钱，跟着往里走，远远看见，小区楼下的健身步道上，沫子把手机屏幕对着他，压低了声音："你给我解释解释，这个号码是怎么回事。"

幽暗的路灯光下，隐隐能瞧见玛莎拉蒂的轮廓，一看便知是家里养尊处优惯了的男人，他喉结滑动了一下："我不是故意的。"

"不是故意的，那是有意的？把我当猴儿耍是吧？"

"我没法儿解释，但我对你的感情是认真的。"

"真是撞了鬼了。"

沫子之后做的那期节目，是一个曾被多家媒体报道的照顾患病妻子的好男人，在媒体视线离开的半年后，去了广州跟另一个女子再婚的故事。在茶水间，她很淡然地提起，有时做节目，报选题，是借他人团扇，说自己秋凉。做得尽责的节目，都是先惊动了自己的心，才去打动别人。

大概有一个星期的时间，玛莎拉蒂没有出现。

转眼入冬，沫子让我约几个人去吃羊肉汤锅，我叫上了夏哥和小珍珠。

四个人相见恨晚，聊得起劲，加上现杀的新鲜羊肉吃得人全身舒坦，沫子兴致高昂，说去玛莎拉蒂家打麻将。小珍珠成天在家里围着秦朗转，好不容易出来放风，自然是满口答应。我和夏哥不想拂了她的好意，也就应允而上。

玛莎拉蒂平时一个人住，有保洁阿姨每周定期来打扫卫生，屋里陈设不多，整洁，还有点儿空旷。沫子搭起麻将桌，毯子一铺，哗啦啦啦一盒麻将往桌子上倒，小珍珠跃跃欲试，挑了上座。夏哥虽是上海人，但在成都待了三年多，除了一开始闹了些把"血战到底"叫作"血流成河"的笑话以外，已经相当娴熟了。记得她刚学麻将那会儿，瘾很盛，每到周五就缠着我们练手艺，顶着凌晨三四点的月光，把自行车蹬得飞快回学校。

沫子当天手气相当好，清一色，全是大胡，一把接一把。

沫子正摸起一张幺鸡，大喊一声："自摸。"门铃大作，像是欢快的配乐。

她从椅子上放下两条大长腿，连拖鞋都没来得及穿，活蹦乱跳去开门。

我心里一阵疑惑，玛莎拉蒂回来，应该有钥匙，装模作样拍什么门铃啊。

一个中年男人，推门就往里走，沫子两眼疑惑："唉，唉，您找谁呢？"

小珍珠还沉浸在牌桌上的鏖战，从我手里夺下九筒："该我摸牌，着什么急。"

"我是他爸。"

麻将声渐渐弱下去，我们的动作像播放机里卡带的碟，停留在行进的画面中。

他爸倒也不避讳，当着我们的面就质问沫子："我儿子有女朋友，你知道吧？"

"嗯。"沫子点点头。

这一来一回两句话，小珍珠和夏哥都听傻了。

"我也不拐弯抹角，打开天窗说亮话吧。我儿子这人像我，花心，以后少不了拈花惹草的。你呢，各方面条件都不错，也有股傲气在，结婚以后要是遇到这种情况，肯定是鱼死网破。所以我现在给他安排的这个女朋友，就是能接受他日后出轨的，听我一句劝，你跟他，趁早散吧。"

见过那么多奇葩剧情，接触的都是最底层、最生鲜的人和事，沫子总说，她现在什么都能看得透彻。但看透太累了，做一个明白人太自我刁难，所以一落到自己的事情上，就宁愿糊涂，任由脑子进水。

玛莎拉蒂没一会儿也进了家门，一看这阵势就知道，他爸肯定跟沫子摊了牌，对着他爸就是一顿吼。但好歹这是个比他俩都多活了二十几年的男人，不气也不乱，遥控板对着电视唰唰换着台，停在一台模特走秀上，根本不理会玛莎拉蒂的言辞："沫子啊，当断不断，必受其害啊。"

她压根儿没想过自己阴差阳错成了小三，过去但凡在节目里遇到小三，她都觉得龌龊无下限，恨不得朝显示屏吐两口唾沫，拉出去斩首十次都不够。可那时她怎么体会得了，哪个小三不觉得自己手里捧着的才是真爱。

沫子是个好姑娘，虽然玛莎拉蒂有点儿家底，但她不图钱。她爱玛莎拉蒂，是爱他的人，爱玛莎拉蒂对她霸道又温柔的照顾。若真是爱钱，那倒好说，有钱人嘛，遍地都是，这个不行换下一个。但情感上的交互就不同了，那是有个体性、选择性的，是我在人海中只看到你，夜空中最亮的那颗星，地图上最耀眼的目的地，锅里翻滚着最诱人的那块肉。

况且，那个女孩儿，论哪方面都不是她的对手，在风暴还未真正来临之时，她哪里肯说服自己相信，玛莎拉蒂是那种人。就算是将死之人，不也对生怀着汹涌的向往吗？

她多少还记得自己的底线，给玛莎拉蒂下了通牒，二选一。可决定权给了对方，沫子就被迫站在了煎熬的路口。

她不怕等待，怕的是等待之后换来一个不想要的结局。好在每次，玛莎拉蒂都开着车，载着一大束玫瑰，到电视台楼下跟她赔罪，说一切都处理好了，不必顾虑，他只想跟她在一起。

多么烂大街的剧情，而身为局中人，沫子觉得那一刻好甜，甜到心尖儿，不顾一切地回头跟他重归于好。

然而她憧憬的幸福生活还没真正展开，那个号码就会不请自来，骂她一通，列出种种证据，证明玛莎拉蒂并未跟她一拍两散。有几次，那个女人都到了电视台楼下了，带着高音喇叭，说要宣传沫子的劣迹，让电视台的领导看看，他们是如何瞎了眼，招了个道德败坏的贱女人。玛莎拉蒂回回都及时赶到，像精神科大夫抓擅自离院的病人一样，把那个女人拦腰扛起来，往车里塞。沫子在楼上，气得大力敲击着键盘，啪啪啪啪，感觉每一粒按键都被往死里戳，再也不会弹起来。

她也厌恶那个女人，毕竟是一山难容二虎，但归根结底，她和那个女人都是无辜的受害者，真正的贱货是玛莎拉蒂。

玛莎拉蒂说几点送她几点接她，她就什么时候上班下班。玛莎拉蒂说她是她的唯一，她就真以为自己是他的唯一。玛莎拉蒂说要和好，她就忙不迭把自己呈上。

她把自己耗损在这段畸形的关系中，把尊严放在别人脚下，任由他们轻巧地踩上去。头顶悬着那把随时都可能掉下来的宝剑，芒刺在背，如坐针毡。

三番五次，沫子终于累了。

当初任由脑子进的水，都是日后要流的汗和泪。

那段时间，她情绪很不稳定，剪辑一期拐卖的节目。一个女孩儿，十六七岁时开始，接连被辗转拐卖了五次之多，从成都到安徽，安徽到河南，河南到宁夏，宁夏到青海。当编导找到那个已是几个孩子的妈，穿着满是尘土的粗布衣服、头发缠绕成髻、不修边幅的农村妇女时，告诉她，他们是来带她回家的。她头都懒得抬一下，专心干着农活。她的希望早就死了，早就湮没了人贩子一次次的转手中，根本不再怀抱任何痴心妄想，还能在有生之年回到故乡。

沫子久久直视着银幕上，那个女人明明不到三十，却像是过了半辈子的面容，仿佛看到了自己。

沫子向来是个有些许洁癖的人，在本该只有两个人的感情里，多了第三个人的气味，她睁一只眼闭一只眼忍到了极限，到最后，却非要等得满目污秽，才难堪地步步后撤。但生活深一脚浅一脚，有时根本看不清来路，命运埋下的伏笔，何等聪慧的人才能最快看清，又最优雅地收尾。

她终是下定决心将玛莎拉蒂拒之于生活之外，玛莎拉蒂打不通沫子的电话，就搪塞过前台的保安，拿着花进到台里来找她。

我气不打一处来，起身走过去，想替她把这号渣男毫不客气地扫地出门。

她按下我的肩，拿起一架摄像机，走到他面前，按下录像的按钮。

"有什么对着镜头说吧，我会记录下来，做下一期节目的素材。"

玛莎拉蒂的五官拧成了一把问号，接着齐刷刷变成惊叹号，通篇的中心思想和主旨大意都是："啥，你这是啥意思？"

沫子面不改色："还有什么要说吗？没有的话，麻烦从这儿下楼。"

一段感情里，让对方感到最难以接受的不是悲痛欲绝，也不是恨之入骨，而是彻底的无视。是他从最特别的存在变成跟街边贩卖狼牙土豆、糖炒栗子、臭豆腐的无照小贩们一样，最最普通的那一款。不会多看一眼，也不会恶语相向，不带任何多余的感情。

卑微到彪悍，热烈到凉薄，都是现实所迫。

玛莎拉蒂和沫子的故事在若干次的藕断丝连后，宣告结束。

后来，我发现，沫子的栏目只有极少数是真人秀，大多数都是编导写的剧本，花很低的价钱，请一帮热爱表演艺术，又无处释放热情的业余人士来演。否则，怎么会有那么放诞的情节，那么浮夸的演技和跟各家电视台似曾相识的内容？

那么多期节目做下来，沫子以为最最荒谬的都在节目里看过，编导们编得尽兴，观众看得过瘾，飙高的收视率佐证着，大批看客每天在四十分钟里意淫着人生如戏。

可落到自己身上，又是全然无法言说的一种体验，啼笑皆非，唏嘘嗳嚅。

所有的道理都明白，情爱无常，造化弄人，该犯的错仍旧会犯，不该爱的人还是绕不过去，狭路相逢，电光石火。

后来想起这件事，沫子总说："其实我觉得他心里有我。"

那又如何呢？不过是一朵霜花，毛茸茸的，闪着可人的辉光，却一触即溃。

还好世界够大，最好的结果，或许就是，我们在互不相干的时空里，各自过活。若不是非要去了解，没有人知道另一个人的生活什么样，谢谢老天我们不知道，幸亏不知道。

收拾起心情，带着平和的内心，沫子现在只渴求一个感情固定的居所。

平静，大多是用排山倒海的激烈去换，图穷匕见，才终于死了心。

如 烟 时 光

　　谁都知道是假的，我们一次也没有聚，想象中那些阔别重逢，细数往日笑语欢颜的场景，一个也没有出现。人人都忙得抽不出时间，好像城市离了我们就无法正常运转。在这个通信发达，找到一个人如此容易的时代，已经开始有人消失在大家的视野里，石沉大海，下落不明。

　　黄金时代，就这么过去了。

　　念大学那几年，手机里出现频率最高的号码之一，在每条短信后面必定写着："收到回复。"

　　人的价值判断是一个随着年龄增长不断再生更新的系统，像班长这种过去大家争先恐后举着小手热情竞选的职务，到了大学，就慢慢成为吃力不讨好、无人问津的冷板凳。

　　大一刚过，起初信心满满的头任班长就撒手不干了，耽搁不少时间精力，费力不讨好，半点儿好处没有，评奖评优还容易得罪人。

虽然平时大家都各顾各的，游离于管束之外，但没人管事也总归是不行，菜头挺身而出，主动把烂摊子拾了起来。

底下响起一片烫手的山芋终于找到下家的掌声。

菜头这人，个头儿不高，浑身上下散发着笨拙的真诚。太平年月，他脸上始终紧绷着一种焦虑，像是心头郁积了太多无从分担的执念。他把衣服的每条线都穿得笔直，像是拿量尺精确比对过，外套的领口规整地翻到固定的位置，提着电视剧里八十年代末骑永久牌自行车的村干部，惯常拿着的黑色皮质手提包。

比起中文系那些整日邋遢落拓的文艺男青年，他就像自然博物馆里的植物标本，一丝不苟地被钉在一块看不见的背板上。

入学的年级大会，我刚巧坐在他后面，那时谁也不认识谁，各自都怀揣着小算盘。

他别过身来，低斜着头，眼神不敢看向我，嘴角挂着一丝想要表示初次见面的礼貌，却由于五官之间缺乏精诚协作，舒展到一半就僵掉的笑意。

"你竞选班委吗？"

原来是个刺探敌情的心机男啊。

轮到菜头上台发表竞选演说了。辅导员刚念完他的名字，他就被一盆红涂料泼过似的，刷一下从头红到了手指尖。

整个过程，他没看向过台下的同学，目光一直垂垂落到地面，讲到该换气的时候，就耸起肩膀深吸一口，同时伸手挠挠短得只有两厘米的板寸。

只听得他一再地表决心，想为大家做实事。

上去的那些人，哪一个不是口若悬河、滔滔不绝，一副为班级事业鞠躬尽瘁、奉献终生的豪情壮志。

像菜头这种腼腆的路数，胜算自然是不大。

不出所料，他没能如愿。

一年后，头任班长请辞，菜头捡起这颗烫山芋，班里的一切都走上了正轨。

寒假很快到来，人人都开始为回家的火车票做打算，要知道，去车站排着长龙等票可不是个轻松活。菜头以人民公仆的姿态，给大家群发了一条短信，让需要买火车票的同学晚上九点前把学生证送到他宿舍门口，他统一帮大家购买。

几乎所有家在外地的同学，都拿着学生证屁颠屁颠地去了。菜头的书桌上层层叠叠，堆着将近三十册鲜艳的小红本。

他列出一张表格，誊写下姓名、出发时间、目的地，然后将学生证的顺序跟表格顺序整理成一致，再发了一遍信息确认，方才安稳睡下。

第二天，灌了一壶白开水，在宿舍旁边的小卖铺随便买了一包饼干，菜头提着他的村干部公事包，起了个大早往火车站赶。

这可是一趟硬仗。

钱是用自己的积蓄先垫的，但凡公交线路途径火车站，都是鱼龙混杂，扒手不断。他警惕地左顾右盼，眼神炯炯带光，公事包紧贴胸前，靠着售票员的位置站立。他知道，小偷多半不敢选择在这儿顶风作案。

售票员一口京片子，报站名的时候，舌头快拧成一股绳，就像他因为缺乏睡眠，随时可能断线的神经。

好不容易从前胸紧贴后背的公交车上挣脱出来，菜头立刻清醒，直奔售票大厅。不少直接带着被褥在火车站外睡了一宿的人们，此刻已经把队伍排出了大门外。保安粗暴地指挥着秩序，声音过度用力，显出一丝暗哑。

他把皮包的拉锁拉出一条小缝，伸进两根手指，夹出那张表。

姓名、出发时间、目的地，熟悉了再熟悉，倒背如流。

下午四点，水喝干了，饼干也吃完了，总算排到了售票窗口。

"北京 21 日上午学生票卧铺两张。"

"太原 21 日下午学生票硬座一张。"

"重庆 22 日上午动车票三张。"

售票员大姐正值更年期，从狭窄的小窗口望进去，刚好聚焦在她一脸的潦草和疲累上，生活的失望、职业的倦怠一览无遗。

"小伙子，你有完没完？你票贩子吧？没见着后面排那么多人呢！够了够了，下一个，下一个。"

菜头怎能敌过中年大姐的伶牙俐齿，加上排在他身后的人也早已不耐烦，齐齐将他从售票窗口挤开。

他一脸无奈，像即将脱水的霉干菜，皱皱巴巴的，手里紧紧攥着车票。

打道回府，重整旗鼓，苦战三天，大功告成。

菜头一人奋勇为大家的事迹很快传遍了学院，其他专业的朋友纷纷来求证真假，这倒愈发让我们觉得，菜头简直是捡来的一块宝。

这块宝在当代文学课上，跟我分在了一个学习小组，读作品，写论文，做报告。

菜头向来一板一眼，恪守着一切规则，而我平生向来厌弃迟到，每次小组讨论我俩都最先到。

"你是不是在广播站主持文学节目啊？"

认识一年多，他仍旧不敢正眼看我。

"对呀。"

那阵子我正好在做中国现代作家的专题，琢磨着要不抓几个中文系的同学，做几期漫谈式的节目。他这么一问，我就顺水推舟："下周我们谈赵树理，你要不来一起聊一期？"

话一出口我就后悔不迭，我怎么会忘了，菜头一紧张起来，讲话结巴这回事呢！

心里疯狂默念着："别答应，别答应，别答应，千万别答应！"

"好！"

我把节目提纲提前发给了菜头，让他有所准备，最好是能写下来一份东西，提前发给我，心里有底，以防万一。

当天，菜头穿得人模人样的来了，西装革履，皮鞋锃亮，还有股硫黄皂洗完的清香。

"你知道这是广播，不是电视吧？只听得见声音，看不见人的。"

"当然知道。"他抿着嘴，笑得很收敛。

广播室在就业指导中心顶层的一间小屋里，正常人一般找不着。我在前面走，他在后面跟，皮鞋铿铿锵锵地传来空荡的回声。防盗门笨重老实，锁眼里生了锈，要费不少劲儿才能打开。

各种大型设备"嘀嘀嘀"闪着灯，菜头两只手对搓着，探着头到处转悠，发出长长的一声赞叹，落了一肩头的灰。

我边递给菜头一个头戴式耳机，边告诉他我做出 OK 的手势就表示话筒开了，他点点头，吐了一口气。

一切就绪，推音乐、进片头、开场、入话题，本想着能让他把稿子上写好的东西捋顺，念出来，我也就谢天谢地了，而菜头的临场表现令我刮目相看：沉着稳重，一丝不乱。

"你怎么看《小二黑结婚》这部作品？"

"我个人很喜欢小二黑这个人物，他对于命运的主动出击，给我很大的触动，所以昨天晚上，我做出了一个重要的决定……"

苗头似乎不太对，稿子上没这段啊。

"我想对一个女孩儿说，我喜……"

且慢，我一面寻思着他到底唱的是哪出戏，一面眼明手快迅速拉下话筒开关，推上背景音乐。他刚把"欢"的字音吐出口，声音已被流畅的旋律取代。

我用难以置信的眼神直勾勾地盯向菜头："疯了吗？这是全校收听的广播节目，知道刚刚在讲什么吗？你知道这可能算播出事故吗？知道我可能会被处分吗？"

菜头被我突如其来的攻势吓得有点儿失魂，我恶生生地一通咆哮，像一记子弹，正中他好不容易鼓起的勇气之心。那气，半是因惊吓，半是因失败，散了一地。

菜头除了上课自习，其余的全部心力都放在这个班里。

要说无组织、无纪律，中文系的学生绝对是翘楚，要么宅在寝室看书码字吟风诵月，要么花前月下东游西荡。他不信邪，硬要把大家拽出来，换着花样搞集体活动。去黄龙溪古镇，去食堂包饺子，去郊野放风筝，去跟工科班级联谊开舞会，排练节目去参加诗歌朗诵会。

只要手机上一出现他的号码，大家便都知道，折腾的名堂又来了。

有时懒得回，他还不舍不弃，找上门来要答复。要是有人不去，他就亲自做工作，直到劝说成功为止。

但有时真是好事儿。

学院的任何福利，他都跑在其他班长前面，替我们争取，什么好处都先往我们手里塞。

有一回，学院想把原本已经发给我们班的奖学金名额收回重新分配，而他已经组织班会，通过综合排名，民主投票，好几轮程序选出来获奖名单，如果发生变动，这些全部都要推翻重来。他跑到学院领导办公室，跟领导大吵一架，倒不是怕增添工作负担麻烦，而是觉得明明已经宣布的结果要悔改，没法儿跟大家交代。

其实哪需要他来交代，学院的决定自会有老师出面解释，但他就过不去自己心里那道坎儿，觉得他是这个班的家长，怎么都要护着，见不得同学受委屈。

我很难想象，他孤身一人站在领导办公室里，面对着领导说出，如果不照章执行就不能顺利毕业的恐吓，是怎样无所畏惧地保下了所有属于我们的荣誉。

突然觉得，英雄这个词还挺配他的。

即使那次在广播站，他有草率唐突的过失，但我始终觉得欠他一份情。

有天他给了我一封情书，请我帮忙转交。

听到他说出女生的名字，我心底长叹一口气，姑娘已经有了心上人，此举胜算渺茫。

那空落落的结局到来，不过是早晚的事。果不其然，菜头遭到了毫不留情的拒绝。他再一次蔫搭搭的，变成了霉干菜。

过了半月，菜头说要去学一样乐器，隔几天提着个唢呐回来。

我哭笑不得："干吗学唢呐？"

"价格不贵，方便易携，声音洪亮，红白喜事都用得上。"这理由朴素切实，让我尴尬得无言以对。

宿舍里没法儿练，他就每天都傍晚到荷花池边去练，风雨无阻。

班级聚餐，菜头喜欢那个女生的事已是尽人皆知的秘密，觥筹交错间，大家闹哄哄地把他俩从座位上拉出来，往一处推。

我从未见过那种慌张，感觉蚂蚁爬满了他的整个身体。

女生倒看得很开，反正大家就是图个逗趣开心嘛，没什么心理负担。

大伙儿高声呼喊着让菜头表演节目，他默默掂量了场面，估计不来点什么肯定下不了台，从座位底下拿出了唢呐。

忘了奏的是什么曲目，只记得他整个腮帮子鼓起来，面色绯红得快要爆炸，音色高亢昂扬，像迎亲的队伍抬着花轿，端着礼盒，牵着高大肥壮的马，走到了村东头。大家凑着欢喜劲儿，不知所云地尖叫喝彩，覆盖着他吹得七颠八倒的音符。

大四，专业课都结束了，住不住宿舍、在不在学校也没人管。原先还能算圈养，现在彻底变成了散养。

菜头的热情好像也消减了不少，每次收到他的短信，都是学院正正经经的通知，没再号召什么活动了。好几次在食堂的面食窗口碰到，竟也没说坐下来一起好好聊聊。

大家都选择轻巧的学科方向写毕业论文，他逆水行舟，要研究近代语音学。成天从图书馆里借出来厚摞厚摞的典籍，跟读武侠小说一样，看得废寝忘食。

毕业典礼来得太快，像早产的孩子。

有人找了工作，有人要接着读研究生，有人打算申请出国，是阳关道，还是独木桥，此去离别，十年见分晓。

学历学位证都领了，学校握在手里的最后一张底牌没了，再也抓不住我们的小辫子。

就要陆陆续续地卷被子走人，大家纷纷提议，在宿舍前面的草坪上，简单地最后告个别。

菜头呢？

酒气熏熏的菜头，在嘴角蓄起了胡楂儿，从旁边的林荫道上走过来，左脚差点儿踏在右脚上。几个男生见状，赶紧过去扶住。

"没醉没醉，别拉我！"

他把背往后一挺，像被军官下了指令的士兵一样，昂首挺胸，又歪歪斜斜地，朝我们走来。

旁边的女生笑得花枝乱颤，我却不由得眉心一酸。

"那啥，我给大家唱首歌，大家别笑！"

他的眼睛依旧没有看向大家，直愣愣盯着脚前的那块地，唱起了《冲动的惩罚》。那几年，刀郎被炒作得风头正盛，煽情煽过了头的歌词，加上他不自觉的苦大仇深的表情，以及每一句都不在调上的旋律，还是让大家笑作了一团。

唱完，他拿出手机，噼噼啪啪摁了一分钟，然后，每个人的手机都响了。

大家从兜里包里同时把手机拿出来，打开，是那个四年里，令人爱厌杂糅的号码。

"这是来自这个号码的第三百一十二条短信，也是最后一条来自这个号码的群发短信，我们要从这里，充满耐心，充满希望地出发，谁也不许掉队，谁也不许走散，都他妈的，给我好好的！收到回复。"

这是我第一次听到菜头说脏话。

笑着笑着，有人哭了，那哭声，像是人们不经意间同时打起来的呵欠，一点儿一点儿地，渗透、冲淡了唾沫子横飞的集体嬉笑。

是最微弱的抽泣，再紧接着轻微的哭音，喉头涌动着的抽噎，连湖成海，浪奔浪流。

也许每个人都在他的话里，不由得想起了四年里，收到他发来的三百多条群发短信，这些不多的文字，汇聚成一部简练的集体历史，记录着每一个重要的节点。

我们都是一颗颗自由随性的珠子，他尽全力去变作那根线，把我们连缀在一起。他没有因为我们都是珠子，也变成一粒珠子，反正都是这样活着，谁也不亏欠谁。

常听朋友说，念了大学，班上有的同学看着面熟，但就是想不起名字；有的人，四年了都没讲过一句话。我们差点儿就跟他们一样，却因为有了菜头而变得不一样。

他不是雷神，也不是钢铁侠，没有拯救世界的超能力。他就是这样一个普通得不能再普通的人，踏实、胆怯、坚持，会爱上一个不爱自己的人，会因为自己在意的事受影响而较真儿，会憎恨自己讨厌别离又没有挽留的权利。

他又普通得那么不同，让我看到一片宏达而孤旷的田野，朴质、实诚，呆头呆脑，尽心竭力，深刻反省，寻求突破，他内心的真诚，勇敢和执着，打动着我。

无所图无所求，凭借最单薄却又最厚实的热爱，一往无前。

要鼓起多大勇气，才能再次放手，让这些好不容易串起来的珠子，去往他们的下一站目的地。是不知名的远方，是一纸车票再也抵达不了的，远方的远方。

我知道哭红了眼睛一定不美，但还是不争气地哭了。多想这只是一个梦，你们碰碰我手肘把我推醒，告诉我，故事其实才刚刚开始。一切都还刚刚开始。

正如痛苦的日子会消逝，不必肩负太多重担的青春也会逝去，大学四年美得如一泓月光，怎么也抓不住。

毕业一散，去了北上广和留在成都的人都不少，新工作和新学业占据了各自全部精力。又是一场相同起点的奔跑，谁都不想在一开始就落在队尾。

菜头因为公事，回过几趟成都，每次都在群里知会大家一声，应和的人源源不断，也不停有人发言，什么时候出来聚聚啊，至少在一个地方的同学应该常见面啊。大家都附和着，是啊是啊，有空出来聚聚啊，别舍命为工作，忘了老同学啊。

但谁都知道是假的，我们一次也没有聚，想象中那些阔别重逢，细数往日笑语欢颜的场景，一个也没有出现。人人都忙得抽不出时间，好像城市离了我们就无法正常运转。在这个通讯发达，找到一个人如此容易的时代，已经开始有人消失在大家的视野里，石沉大海，下落不明。

黄金时代，就这么过去了。

三年前的夜晚，我们曾坐在小酒馆里，听别人弹吉他唱《米店》：

......
你一手拿着苹果一手拿着命运，
在寻找你自己的香。

窗外的人们匆匆忙忙，
把眼光丢在潮湿的路上。
你的舞步划过空空的房间，
时光就变成了烟。
......

时光就变成了烟。

一 地 往 事

　　尽管一切看起来都尚显生疏，笨手笨脚，但李渔却比任何一刻都努力。她并不知道那个女人是谁，他们什么时候认识，在一起有多久，唯一明确的是，掂量起男友对她和那个人的重视程度，现在她处于劣势，随时都岌岌可危。这种让她汗毛直立的紧迫感，逼迫着她一点儿一点儿拾起一只备胎的自我修养。

　　备胎真是个奇妙的角色，不管过去多么傲岸、不可一世，都能收起所有的棱角、刺头，温顺得像只可以被随意抚摸的小动物。

　　李渔邀请我去她新家做客的时候，我几乎一直张大着嘴。三层小洋房，古典大门雍容气派，门厅挑高，繁复的水晶吊灯发出炫目的光亮，客厅的整面落地窗外，草坪青绿青绿的，雪白的萨摩耶正追着黄色小球，上蹿下跳。

　　"都是我自己赚的。"李渔扯过沙发上的羊毛毯搭在腿上，自顾自地端详着昨晚刚做的美甲，一只灰色的短毛猫敏捷地跳入她怀里窝起来。

李渔大我两岁，是邻居陈阿姨的女儿。毕业招聘季的时候，优哉游哉地稳坐军中帐，不为所动。她家并非堆着金山银山，充其量算吃穿不愁，不过从小的娇惯使得她并未深刻意识到，养家的重任已如此迅疾地来临。

都说毕业季等于分手季，李渔还偏偏在毕业季谈起了恋爱。

男友是北京来的，听别人说背景殷实。爱慕虚荣的姐妹都说她福气好，攀了高枝。李渔也这么想，于是更加放任自己不找工作的想法，打算毕业就跟男友双宿双飞。

为此，她跟父母大吵一架。李渔怎么都不信，就算现在待业，去了京城，手握大学文凭总不可能连份工作也觅不得。

她从机场快轨换地铁十号线，转到四号线，男友发来的地名，在四号线的末尾几站。她太困了，倚着栏杆，昏昏沉沉地，没想一恍神就睡了过去。

醒来抬头一看，已经坐过站，猛地冲出车厢，换乘对面的列车倒回去，一摸包，钱和手机都没了。

出发以前，她在谷歌地图上搜索过这个地方，约莫是五环开外。眼前的景象也与她最坏的猜测符合，楼房大多新起，连建筑本身似乎都有种生硬的不适，空旷马路上来往的车辆，掀起几米高的扬尘，呛得她连退几步，路人步履匆匆，生之疲态不带遮掩地显现脸上。

这就是北京吗？是她日思夜想，梦想膨胀的北京吗？

至于男友背景殷实的言论，如今看来也不知是何方可笑的传言。李渔感到两颊火辣辣的，像被扇了个利索的耳光。

　　大风刮得她失魂落魄，总算在下班的钟点，等到了同样焦心万分的男友。

　　见面十分钟，俩人就闹了不愉快。

　　男友说回家做饭，她却说头一天来，应当出去好好吃一顿。可惜这五环开外的地方，没什么像样的饭馆，全是些李渔看不上眼的苍蝇馆子和令人望而却步的公款消费会所。

　　两人悻悻回了家，刺鼻的装修气味让她皱起了眉头，男友说这里房租低，可以住单独的公寓。若是搬到城里，同等价位只能跟别人合租在老式居民楼内，公用客厅、浴室跟厨房，很不方便。

　　李渔翻了个底朝天的白眼，什么都没说，把行李箱靠墙一放，就洗洗睡了。

　　半梦半醒间，她感觉到男友在吻她，没好气地一掌推开，背过了身。

　　隔周，男友就叫来了搬家公司，把小窝挪到了东三环。李渔发现，就算吃同样的炸酱面，这里的面也比五环外的香多了。

　　可奇怪的是，男友领她进屋时，面色有些难堪，极其敷衍地跟坐在客厅看碟的一对夫妻打了个招呼，声音低微地说："这是我女朋友。"离他们近的妇女斜眼瞄了一眼，问住多久啊。男友歪歪嘴角，说住不了多久。

　　刚关上卧室的门，男友就先捂上了李渔的嘴。

　　他解释，客厅坐着的是房东夫妇，因为家里出了点儿事急需用钱，才不情不愿地把房子清出一间租出去，价格划算。当时谈的时候，他们就再三唠叨不要带女朋友回家。

李渔被汗涔涔的大手捂得只能哼哼唧唧地叫，她想了想，这世上哪有不受气的地儿呢，不过是受不同的气罢了。

在整个居民区都飘荡着的油腻饭菜香中，他们总算是享受了见面后的第一次欢愉，因尽力抑制着隐秘的快乐，而获得了一种偷情的快感。

转眼一个月过去，李渔基本适应了天干物燥的气候与寡淡如水的日常生活，准备找份工作做。

求职网页开得密密麻麻，报纸上红笔蓝笔圈得重点难辨，递出去的简历像人间蒸发一般，通通没了音信。

来的地铁上就丢了所有盘缠，如今她身无分文，男友的工资也并不高，除去房租所剩无几。

她渐渐感觉到，最近几天，他说话的语气不大对了，下班回家不再主动进厨房做饭，对她躺在床上吃薯片看电视剧的行为也流露出了明显的不快。迟迟没有工作削弱了李渔初到时的傲劲儿，她拍了拍洒落在床单上的薯片渣，第一次走进了厨房。

从没炒过菜，拿不准该先放油还是先放食材，于是把肉菜都一股脑儿地往锅里倒。结果肉还没熟，菜先蔫儿了，迸出的大粒油星子溅到手背。她尖叫着把锅铲往灶上一丢，哭丧着脸跑了出来。

房东太太厉声吼着为什么炒菜不开抽油烟机，尖着两根手指头捏着鼻子进去拧熄了火。

男友接连三天没回来吃饭，说公司有事。可是李渔知道，他们不过是家民营小公司，手头上业务并不多，从来没有加班这一说。

第四天，李渔踩着下班的点，打算去公司瞧瞧，没想刚下到一楼就跟男友撞了个满怀。他看她许久不似这般，拾掇得光鲜亮丽，疑窦顿生，问要去哪儿。李渔支支吾吾，说下楼转转，但脚底擦得锃亮的高跟鞋暴露了她的谎言，于是屁颠屁颠跟着男友又上了楼。

当晚，俩人撕破脸皮拌了嘴，双双饿着肚子睡了一夜。

李渔对找工作这件事愈发丧失斗志，她像条砧板上的鱼，被现实迎头痛击，扑腾了两下，发现乾坤并不那么容易扭转。

男友对她越来越不上心，回家扔下一句"吃过了"和十块钱，打发她随便叫个外卖。

某天睡到半夜，李渔怎么想怎么觉得蹊跷，轻手轻脚地从枕边拿走男友的手机进了卫生间。

她这几天都在留意男友摁密码时的手指动向，试了三次就解了锁。李渔把所有的社交软件、通话记录翻了个底朝天也没看出半点猫儿腻，兴许是自己想太多，蹑手蹑脚钻进被窝儿，终于睡了个安稳觉。

周末，大学同学约她去西单聚会。来北京这么长时间好不容易遇到老熟人，李渔终于找到些归属感。正好，男友有事也出去了，她不用费心解决自己的温饱问题。

大悦城顶层每家餐厅都在等位，人潮拥挤的烈烈势头，像是抢不付钱的白食。

同学见李渔停步在一家餐厅前，以为她看中了这家。没想到李渔一把夺过她的手疾步走开，拐到安全通道，从五楼奔到一楼。

两分钟前，她扒着橱窗踮起脚尖，一眼就看到坐得满满的大堂内，男友跟一个女人并排而坐，姿态亲昵地吃着饭，眼波流转、柔声曼语穿越重重空气，一拳接一拳，生生击打在心房。

那夜，李渔从背后紧紧抱住男友，搂得紧紧的，仿佛那就是全世界。

李渔终归在附近的补习学校找了个前台咨询的工作，朝九晚五。但她每天都六点起，准备好早点，等男友吃完出门，把屋里的卫生清扫一遍，才步行去公司。下午指针刚刚划到五点，她就拐去农贸市场买菜，一溜小跑往家赶，硬着头皮下厨房。

被子叠得齐刷刷的，床单抻得一条褶皱都没有，衣柜重新整理过，书桌上的灰也都不见了。

她去网上看了大量的情感专栏，诸如"如何俘获男人""做一个嘴甜心狠的女人"，把要点细细写在随身的小本上，时刻温习。李渔小心翼翼地避开男友的雷区，温言细语，迎合着他的喜好，挑好听的话讲，拣他爱吃的菜做，连打嗝儿、放屁这类她从前肆意为之的窘态都全部收敛得好好的。

尽管一切看起来都尚显生疏，笨手笨脚，但李渔却比任何一刻都努力。她并不知道那个女人是谁，他们什么时候认识，在一起有多久，唯一明确的是，掂量起男友对她和那个人的重视程度，现在她处于劣势，随时都岌岌可危。这种让她汗毛直立的紧迫感，逼迫着她一点儿一点儿拾起一只备胎的自我修养。

备胎真是个奇妙的角色，不管过去多么傲岸、不可一世，都能收起所有的棱角、刺头，温顺得像只可以被随意抚摸的小动物。

父母和闺密偶尔打电话来问她过得如何，她搪塞着说都好都好，工作不累，爱情顺利，是最理想的样子。

然而事实却是，试用期结束，经理对她的表现并不满意，说暂时不需要招新人，结完少得可怜的试用期工资就将她请出了大门。

李渔再次成了无业游民。男友依旧说晚上加班，不回来吃饭。她寂然地下了碗面，忘了搁盐，也懒得去加，坐在屋里一口一口吃得涕泪涟涟。

有人敲门，是房东的声音，说进来检查空调。她边嚼着口中的面条边打开门，中年男人握住她手腕，一把搂过她，说："小姑娘，知道你在北京不容易，你男朋友也不懂得疼你……"李渔本能地想喊叫，反倒被自己呛得不浅，全身还没使上劲儿，便已被按倒在床。

她亡命地用脚踢打着她能踢的部位，拿头猛撞对方的鼻梁骨，一股中年男人身上特有的老旧油味，让她胃里泛起一股酸水。

门锁突然响了，房东甩开她的胳膊，以最敏捷的方式消失在了空气中。万物复归平静，李渔喘着气，沉浸在噩梦的余韵中。

是房东太太回来了。她在床上滚了两圈，摸索到手机，想要找到熟悉的号码。才发现自从来了北京，他们不仅极少发短信，连电话也几乎不打。她把通话记录划了好几页，才看到那串数字。

李渔摁了拨出，又立马掐掉。她不知这样的事该如何启齿，他会真的在意吗？还是会觉得她被别的男人沾染，不再干净。

后果难料，这步棋还是不走为妙。

李渔不知道那个女人是否知道自己的存在，或许她也同时在暗中努力较劲，但她顾不得那么多，每日低声下气，伺候左右。她在心中排演了无数次，男友怀抱着背叛所有人、背叛全宇宙的勇气，来与她长相厮守的场景。二人悲喜交加，仿佛久别重逢。

备胎们自古擅长精神胜利法，认为只要坚守下去，心上人落单，自己便一定是他们替补名单上的第一位，不，是唯一的那一个。

可是，尽管李渔步步为营地推进着计划，男友这几个月以来的表现，似乎并没有什么改观。

夏之将至，李渔坐车经过学院路，看见大学校园里那些青涩阳光充满士气的面孔，跟去年的她一样，秉持着大无畏的英雄主义精神，要去大风大浪中搏一场，只怕身上没落下几道伤痕以证明自己年轻过。

她是多久没这么理直气壮了，梦想中的自由生活，不过是可以回家有碗热饭，累了可以不叠被子，衣服、袜子乱扔，薯片渣掉到被子上也没人指责而已。

她不知在哪一站下的车，到对街往回坐，目不转睛地盯着窗外的北京，定格了这个曾以为会是灿烂人生起点的地方。然后，用身上最后的钱买了车票，拿着所有的行李上了回家的列车。

走之前，李渔想，是不是应该知会男友一声，这样他会风急火燎赶来见她最后一面。

当然都是妄想。

拖着这一年逼仄的时光，终是回到了原点。李渔删掉了他所有的联系方式，像从来没认识过这个人。

这世间备胎众多，他们彼此重复着彼此的命运，也不断被别人重复。

李渔自我终结了备胎的使命，打了场响亮的败仗，从混乱中解脱出来。

五年后，她大概不会想到，那些沮丧的记忆，竟然可以像被推土机碾平一般，不留一点儿痕迹地飘散。

她终是找对了路，在顺风顺水的工作和存款数字的不断提升中重新找回了底气。

在咖啡厅里等合作人洽谈的空当，李渔打开朋友圈，发现清一水全是周杰伦跟昆凌结婚的消息。一整溜刷屏看下来，她觉得爱情依然那么美好，那么值得期待，像昆凌洁白婚纱后镂空的桃心，精致而妥帖。

而曾经，她是多么惊惶啊，惊惶地跌落到谷底，不知要从哪里爬上去。

现在，她站在一座小山的山顶，正在朝着更高的地方行走。在那儿，五环开外或是三环都不再重要，因为那早已不是她在意的问题了。

归 去 来

据说，人在离世的时候，会先经过一条漫长的隧道，里面漆黑一片，彻骨冰寒。要一直走，一直走，一刻不停地走。然后在隧道的尽头，迎来一束温暖的光，如水般覆盖周身，拭去沿途经受的黑暗、寒冷与孤寂。光晕层层叠叠包裹着他们，护佑向前，穿越重重雾障，获得新生，最终抵达岸之彼端，不复归来。

"项老师好！"

"你谁啊？我不认识。"

老项绝顶认真的神情摆明不是在开玩笑。没错，新学期第一堂课十分钟后才开始，他怎么会认识我呢？不过，这个非常规的回应把我噎在教室门口，呆立了好一阵子。

古代文学的必修课，是学院教务处排定的时间跟老师，也就是说，对于老项，我除了默然接受以外，连说"不"的机会都没有。

老项一身朴素夏装，拎个破烂公文包，趴在走廊尽头的窗户上，投入地抽烟，烟圈连绵不绝地飘过头顶，连背影都表现出极致扭曲的享受。上课铃聒噪得像大楼爆炸前的最后预警，老项深吸一口，惋惜地掐灭烟头，夺门而入。

九月的蓉城秋之将至，金风乍起，夏日灼热的阳光，在季节的散场舞里，故意拖沓着脚步。

"你们怎么都来上课了，这么好的天气，都给我出去晒太阳，去去去！我跟你们说啊，这个课，你们来了也拿不了高分。考试的时候，自由发挥就行。噢，对了，这个课的最高分，我只给男生，中文系男生少，我就要袒护他们，没人能把我怎么着。"

老项劈头盖脸一堆耸人听闻的开场白，底下的人全听征了。加之常年伏案阅读写作，颈椎严重受损，左右转头的范围只能在控制在 90 度内，更加凸显他的目中无人。

我碰了碰夏哥的手肘："这老师脑子有病吧。"夏哥白了我一眼："男人的鬼话，别信。"

夏哥歪打正着，这恰恰是老项的本意所在——千万别信他说的话。

"我这学期讲的东西，要先颠覆掉你们的陈旧认识，然后再把我自己讲的内容颠覆掉，最后你们就什么都不知道了。"

本以为，在每学期第一堂课全班的集体亮相之后，就将从此零零落落、一蹶不振，该谈恋爱的谈恋爱，该窝在宿舍睡觉的睡觉，该打篮球的打篮球，该吟诗作赋的吟诗作赋，该校外兼职的兼职，直至期末考试前的划重点，迎来再一次的群龙聚首。

没想到，第二次课来的人，比第一次课还多。老项的奇葩事迹被传开，不少其他院系热衷于看新奇的学生，闻风而来。

老项进来，斜倚在讲桌旁，眉头紧锁，纤细苍白的手摩挲着头发。"喂，我记得上节课说过吧，不需要每节课都来，外面太阳多好，坐在教室里听课，要多没劲儿有多没劲儿。我最不喜欢好学生了，好学生都是臭狗屎！臭狗屎！臭狗屎！还有，我的课不允许旁听，我讨厌你们，现在就收拾东西走人，一分钟内。"

虽然没能真切领略到老项更多的课堂风采，但初来乍到就被痛虐一顿的外系学生，显然觉得不虚此行，见识了老项的剑走偏锋。

"今天我们讲《周易》吧。从哲学上讲，这是个大骗局。但是，我不管它现在是不是被街边的算命术士用来忽悠人，我要从文学角度来分析，抽丝剥茧，择出里面描写的部分，你会得到一个惊人的发现，《周易》它其实是歌谣……

"今天我们讲屈原吧。屈原你们过去都怎么学的，爱国主义的化身，无私又高尚！鬼扯，他是楚国的不忠之士……

"今天我不想讲课，一起聊聊民间信仰和崇拜吧。

你们从小读唐诗宋词，穿着开裆裤就会咿呀两句，然后长大以为那就是唐宋了？幼稚！那不过是知识分子的唐宋，穷书生的唐宋。唐宋的民间，那是相当野蛮的。来来来，我给你们讲一种把舌头割下来的祭祀礼仪……"

　　老项就这么每节课胡诌，却诌出了我旺盛的好奇和斗志。有一个月，我完全从老项的课堂上消失了，循着他讲的思路，跑去图书馆找来相关文献读。而更重要的原因则是，我想驳倒他，他讲的那一套，太匪夷所思了。但越读，我却发现越别有洞天，甚至万万没想到，我还从翻阅的文献里，为老项的某些歪理找到了更多有力的佐证，这让我逐渐开始改观对老项的误读。

　　某个午后，在古籍阅览室撞见老项，我连忙把书往架上一搁，一个躬身："项老师好！"

　　"你谁啊？我不认识。"

　　知道他爱来这么一出，我便也不做计较，咧着嘴笑笑，再拿起一本书打开。

　　老项往前走了几步，若有所思，像想起了什么，又退回来，从书架之间伸个头。"我看你有点儿面熟，帮我转告那些还坚持来上课的臭狗屎。逃课的目的不是回宿舍宅着上网，而是自己去读书。现在教你们的老师，在你们这么大的时候，几乎都在如饥似渴地疯狂读书，而不是乐此不疲地上课。"

　　然而，老项的课依然是座无虚席，并且话题越来越宽泛，尺度越来越大，从某场天安门的风波，到某位诺贝尔和平奖的获得者，针砭时弊，议论古今，甚至不乏一些反动厥词。不少好学青年，趁着下课的间隙，想跟老项探讨探讨。

"等等，你们以后课间课后不要来问我问题，你们应该想到，我上课的时候说了那么多话，很累，需要抽支烟休息休息。另外，你们要是真想对我好，就每天在我的信箱里给我塞一份报纸，或者匿名给我手机充十块钱话费。"

老项拍拍袖口的粉笔灰，扬长而去。

在其他老师口中，我们却听到了有关老项的另一面。

老项中年得子，视若珍宝，某夜看见儿子胖乎乎的小腿结实有力地一下踢掉身上的薄被，露出柔嫩的脚丫子，禁不住心里的喜悦立马打电话给老友，用四川话大喊：“我幸福惨了！”

他年轻的时候，拉得一手好小提琴，差点儿从艺，但未遇到识才的伯乐，最后不得不改走文学的路子。

他一再声称，他爱的不是古代文学，爱的是读书这件事本身。教了一辈子书也足够了，故决定退休之后，重新拾起小提琴，以此为业，每天上街做瞎子阿炳状，奏些凄苦的旋律，挣点零碎补贴退休所得。

老项是东北人，平生最爱小鸡炖蘑菇，让亲戚从东北寄来土生土长的原料，亲自操刀下厨，邀约好友两三前来，共赴饕餮。末了，胁迫好友下次自觉向他进献地道的东北食材若干，否则便由此断交，不再往来。

某次，老项跟几位同事在浣花溪公园聊闲篇儿，有人提到某某学者见人便提，自己发过多少论文，均为最高级别刊物，甚为自得。老项摇摇头说，师者，无真才实学可怖，无品位则无可救药矣。席间，他又谈起部分学生要小聪明，期末写一篇“万金油”论文，用于几门不同的课程，如此敷衍，令人心寒。

　　一学期一晃过了大半，对老项的了解也逐步深入，知晓他是位有血有肉、至情至性的师长，对他多了些敬重。

　　有段时间，老项脸色明显不大好，还老抱怨上楼喘不过气，走路头晕腿软。夫人多次劝说去医院接受检查无效，只得将他亲自押送就医。老项还拎着那个破烂公文包，不情不愿地跟在夫人后边，扭扭捏捏地抽了血，等不到结果出来便又仓促离开，回到讲台上。

　　课刚上二十分钟，老项的电话响了。他一直用着老式的蓝屏手机，只接听电话，从不发短信，当然也不知道怎么发。他不屑地瞟了一眼，决绝地摁掉，继续大谈特谈。久了没听老项的胡扯，竟颇为怀念，刚巧回到课堂，听完他的宏论，正谋划着再逃课两周，好好看看研究《诗经》的文献。

　　急救车的凄厉声划破教学区上课时间的平静，小珍珠在耳边悄悄嘀咕："你听，像不像'完——啦——完——啦——完——啦'，哈哈哈哈。"笑声戛然而止，老项的夫人疾步推门走进教室，神色焦急，向着底下的学生深深鞠了一躬："同学们，对不起，出了点紧急情况，项老师需要立马住院，这节课没法儿给大家上完了，请大家原谅。"然后转过身，低声说，"老项，赶紧地。"

　　老项不反抗，也不细问，只是不紧不慢，把东西一件件往公文包里放。
　　"我最近心力交瘁，身体不适，将不久于人世了。"
　　教室里哄堂大笑，一浪掀过一浪，我一看，他夫人脸都吓青了。

学院教务处发来邮件通知，老项的课已换由另一位老师代上。

"我看，这下是真没人去上课咯，"小珍珠自言自语着，"唉，要不咱去医院看看老项？

"好。"我二话不说应了声，随手从书架上抽了两本老项爱看的书，打车直奔华西医院。刚走到病房门口，就被白大褂给拦下了，说老项现在免疫力弱，不能跟外人接触。

我据理力争："我们是他的学生，老师现在患病，需要保持愉快的心情，探望有助于恢复健康！"

"姑娘，为了病人好，你们就不该来探望，带进来多一点儿细菌就意味着多一分风险。治病就是治病，虽然冷酷无情。"白大褂的态度很诚恳。

我们与老项只能隔着玻璃交流，我从包里拿出带去的书，挥舞着。他的目光穿透层层隔绝，闪出一道光，聚焦在书上，但随即黯淡了下去。

从他的口型我读出来："医生不让我看书。"

老项的脸色还是很差，我不忍耽误他休养，便匆匆告辞了。

过了两天，老项的挚友、学院周老师奉命转告大家，骨髓穿刺结果出来，老项得了白血病，马上开始隔离化疗。消息在学院里霎时引起轩然大波，大家不敢想象，一贯潇洒的老项，怎会被病魔一把擒住。

正值初冬，商业街上的店铺开始大量售卖暖手宝、暖身贴、电热毯，想起老项深秋还穿着那套单薄的褪色西服，不禁戚戚然。

老项夫人每天工作在身，兼顾照料孩子起居上学，一时间焦头烂额。我们便自告奋勇，轮流排班给老项送饭，想方设法弄来他爱吃的，在病榻前讨得他几分欢心。而老项还是那个老项，嘴上绝不示弱，不仅极尽刁钻，不断提出新要求，还勒令我们每日念书三十分钟给他听。

有一天，他做出重要批示，在网上代发一条状态："生自己的病，让别人痛苦去吧。"

可是哄谁呢？所有关于疾病的美化都是虚假的，只有痛苦是颠扑不破的真实。

老项平安度过危险期，回家疗养，学院暂时没有给他排课。我去图书馆借书的路上，偶然跟他碰见过一次。"羊乃书"，没想到，这次竟是他破天荒地先开口叫出了我的名字。我原以为，所有学生在他脑海里，都不过是清一色的无名氏。已近期末，老项眼球咕噜噜一转，我猜准没什么好事。

"你是重庆人吧？"

"嗯。"

"下学期开学给我带点土特产回来。"

"没问题，项老师，一言为定。"

过完暑假，我辛辛苦苦扛着老项钦点的东西，吭哧吭哧回到宿舍，给他打电话。

"项老师，您要的……"

"不用了，你自己留着吃吧。"

"……"

"嘟……嘟……嘟。"老项直接挂了电话。

六人一间宿舍，多出一点儿东西都是巨大的空间负担，在老项斩钉截铁的拒绝之下，我迅速和舍友瓜分了食物。三天后，老项的电话打过来。

"土特产呢？"

"老师，我已经遵从您的嘱咐，吃了一部分，剩下的那个，实在是不堪……"

"哈哈哈……嘟……嘟……嘟……"

由于病情反复，老项很快又回了医院，当年冬天，西医化疗彻底失败。一直到翻年春天，老项的情况都不尽如人意。

这期间，小珍珠拍了部影视作品，从筹划到拍摄，倾注相当多的心力，千辛万苦，终于杀青，想在学校借个教室小范围地播映一次。但由于个人无法向学校相关部门递交申请，影片又涉及同性恋、黑社会、上访申诉等敏感问题，没有学生组织想惹这个麻烦。

某天突然听说播映地点有了着落，我马上给她发信息。

"教室借到了？"

"嗯！"

"好个峰回路转，柳暗花明！"

"贵人相助。"

"谁？"

"老项。"

"老项？不是一直住院吗？"

"有人给老项送饭的时候，提了提影片的事。老项听了，说以他开讲座的名义，去借教室，结果上面很快就给批下来了。"

影片播放那天，盛况空前，小小教室被挤了个水泄不通。

窗外阳光正好，如果下午有老项的课，他一定会说："你们怎么不逃课呢？天气这么好，上课有什么意思。"而他每每说起这些时，神情总是认真又无奈，嬉笑又意味深长。

四月末梢，没能等来老项的好消息。

大概是有过不好的预感，老项两个月前特意请周老师帮他一个忙，如果最后没能撑过去，他有一句话，希望周老师代他在网上发布。

就在老项告别我们后的一小时，我看到周老师代老项更新的状态："项光因病去世了，他住院时是快乐的。"

那句课上的玩笑话，一语成谶，心比天高，命比纸薄。

老项一生为人奇峻，明明是爱，却非要表现为厌；明明是热心肠，却非要武装成冷漠鬼；明明可以好好讲道理，却非要歪着拧着来；明明受着苦，却要笑着侃。他活得入世，鞭笞政局，不满社会的现状，支持年轻人的种种努力与突破；同时又超逸出世，对名利职务、头衔虚名，弃之如敝屣。

越活，越明白老项种种做法的深意。

比如他颠覆性的讲课方式，其实并非要告诉我们，他说的一切都对，而是说，不要盲从。当你对 A 深信不疑的时候，是因为你还不知道有 B，或者 C、D，甚至到 Z。当你知道相反的 B、C、D，仍旧回过头去选择 A，这个时候的决定，才具有说服力。

多年的应试教育传统把中国的学生压制得太狠了，模仿、借鉴、抄袭，成绩证书一大堆，唯独看不到自我。

于是，在这个普遍安于奴役的时代，老项使尽奇式怪招，把我们拽出卑微的泥潭。即使无法像他一般来去无碍，如云似风，至少让我们懂得，自由思考的可贵。

大家争相模仿老项，学他欲扬先抑的表达，学他不同流合污的超然，但没有人能够真正学到他骨子里的狂狷，那是多年来一以贯之的东西，如山丘般稳稳立在身体里，不偏不倚。

我始终觉得，老项不属于这个世界，凡人离他的智慧和境界太远了。他孤独地按照自己的活法，走过了五十七年的人生，驾鹤西去。

据说，人在离世的时候，会先经过一条漫长的隧道，里面漆黑一片，彻骨冰寒。要一直走，一直走，一刻不停地走。然后在隧道的尽头，迎来一束温暖的光，如水般覆盖周身，拭去沿途经受的黑暗、寒冷与孤寂。光晕层层叠叠包裹着他们，护佑向前，穿越重重雾障，获得新生，最终抵达岸之彼端，不复归来。

被误会的人生

　　讲故事的人从来只挑最精彩的部分讲，生活里哪一个人，不是有着千种姿态、万个故事。不过是同坐一桌，搓着这局人生的麻将，从凌晨到天明，没人敢说输赢。

　　玉姐发来微信说，刚把工作辞了，因为老是怀不上孩子。

　　我擦了擦嘴边的红油，走出冒菜店，招手打车。

　　从学校到她家的距离很尴尬，没有合适的公车线路，单靠步行又感觉会消耗掉我刚吃的那餐饭全部的热量。

　　十五楼，电梯叮咚响了。

　　她练就了在家里分辨电梯到达几层的本领，我刚要伸手按门铃，门就开了。

　　轻车熟路地拉开鞋柜，随便拿了双粉红色的棉拖鞋穿上，把包搁在集满香水瓶的鞋柜上往里走。桌上墙上被她贴满了婴儿的海报照片，我感到无数双炯炯有神的大眼睛无处不在地盯着我，搞得背脊发毛，还有白花花的身子闪着肉光，晃得我一阵头晕。

计划生育政策造就了孤独而自我的一代，我没有兄弟姐妹，玉姐从某种程度上弥补了姐姐的空缺。我们作为对方的树洞，保守着很多秘密。

她打开冰箱，拿出一连排养乐多。我撕开包装，咕嘟咕嘟仰头把第一罐喝光。

玉姐从音乐学院毕业以后，家里自作主张托关系给她在艺校找了个教职。她不去，觉得教小孩儿唱歌太无聊，每天被拴在单位，时间不自由，像个别人怎么抽就得怎么转的陀螺。但我知道，她真正在意的是工资固定又不高，赚不了钱。钱，对于初出茅庐的少年，是那么新鲜而灼热，它被肤浅地跟地位、权力甚至尊严捆绑在一起，任别人卖力上演抢单的戏码，响亮地掷在桌上的那叠票子才最有发言权。

音乐院校学唱歌的男男女女，几乎都有跑场的经历，酒吧、夜店、歌舞厅。从服装批发市场跟老板磨破嘴皮子，买一编织袋花花绿绿、豹纹亮片的衣服，顶一脸大浓妆，春夏秋冬走马灯似的转场。

辛苦，也不体面，在那种宣泄欲望的场合不仅得不到基本的尊重，还免不了求人赔笑，但钱来得很快，说不定还能因为各种机缘，一炮走红。

从她嘴里，我知道了花场的存在。在花场唱歌，表演的时候客人会送花，说是送花。其实就是送钱。舞台前面一排假花做的花篮，每个价格少说也上百。客人送几个就放几个到台上，送满五个就放一个砰的一声，飞出很多彩带的礼炮。

里头的利益纷争很复杂，唱歌的拿多少，场子里扣多少。每个人还有订桌的任务，完不成要扣钱，若是客人点的酒水太少，也要在工资里扣。

以我对世界的简单认识根本不足以想象花场里的各色人等，集团董事长、私营企业的小老板、大字不识满口龅牙的暴发户、靠放高利贷的黑社会老大，三教九流，每个人的故事都可以凑一部情节跌宕的八点档电视剧。但她向我保证，富贵绝不淫，贫贱绝不移，威武绝不屈。

晚上工作白天睡觉，长期作息颠倒，皮肤明显变松弛，脸颊的肉开始下坠。我恐吓她，赶紧收手吧，再唱两年就人老珠黄了。

蹚在浑水里，迟早会遇事。

周末，生意爆满，来了不少最近热捧她的主顾。偏偏一个秃头，在玉姐敬酒时，手脚不干不净，趁机揩油。头两回她顺势躲开，到第三次忍无可忍，操起两杯酒，左一杯右一杯，扑了那秃头一脸。秃子糊得眼睛都睁不开，伸着两只手在空气里胡抓，像只四脚朝天的王八。他刚下重金，送了玉姐二十个花篮，颜面全无，当即放话要找人好好教训她。老板见状，赶紧出来打圆场，装孙子道歉，勒令玉姐自罚三杯。玉姐一不做二不休，又端起一杯，刷的一下从老板头顶生猛地浇下，接着掀翻了一桌子的酒瓶子杯子，场子里哗啦啦炸响一阵惊雷。

据说，秃子后来找人到处抓她，每天晚上都派人在好几个花场门口守着，但迟迟找不到。

玉姐当初留的都是假身份证、假学生证、假名字，手机电话卡也是临时买的。当天晚上走的时候，她就顺手丢进烧烤摊的炉子里头了。

在花场里，她认识了当时的男朋友，一个做中药材生意的小商人。

我见过照片，印象很不好，头顶尖，额头窄，眉骨凸出，庆气很重。

他们家长期干这一行，供货商那边熟门熟路，不用愁。但他爸把所有的老客户都握在手头，要想赚钱就自己开发新的。市里的大医院连谈一谈的机会都不肯给，玉姐就陪着他，往周边的县乡跑。

并不是每次出远门谈生意都有收获，拿下一笔订单费尽周折，找采购科科长、药剂科主任、主管院长，没有熟人引荐，很难做得成。礼也送了，饭也吃了，对方打着饱嗝儿剔着牙说，这个我们恐怕还得再考虑考虑。有几笔生意谈是谈成了，但医院上货不上量，还得三天两头有事没事地去坐坐，混个脸熟，施以小恩小惠。

俩人常空手而归，扑到床上一觉睡到天亮。

小商人租的房子，在市郊的城乡结合地带，走过一条阴湿逼仄的小巷，一幢衰败的六层居民楼赫然眼前。

居民楼前牵拉着低矮密集的电线，一排缺轱辘少铃铛锈迹斑斑的自行车七倒八歪趴在地上，铁门没有锁，四角结着蜘蛛网，网下全是专治疑难杂症的牛皮癣广告。楼里住的多是些进城务工的人员，流动性很大，看起来是电视新闻里常常会出事的地方。

其时，我刚到成都不久，但玉姐起初从未招呼过去她家做客。

接到电话的那天，夏之将至，75路公车载着我颠簸了一小时十分钟，来到楼下。

蠢蠢欲动的炎热让楼道里的尘土味更加刺鼻，我轻推门把，迎面一股腐烂的霉味，抬脚就踩在一堆溢出垃圾桶的外卖盒上。

我低头瞥了一眼脚下的蛋糕盒子，日期是半个月前。厕所马桶也堵了，没人通；窗户也卡了，打不开；就差房子钥匙还没丢，估计也快了，居然还上蹿下跳一只博美，见了生人止不住地叫。

人的地儿都拾掇不干净，还弄只狗来添乱。

她没精打采地问我最近的生活，束起乱草般的头发，左一脚右一脚地踢开杂物，劈出一条小道。我左躲右闪走到床边，她把被子扬起来，堆到床的另一边，让我坐。

玉姐低头说着，被人骗了。买方是朋友介绍的，想来是熟人就没太多心，发了货钱还没收回来人影就再也找不着了，金额还不小，大概是他们半年多的收益。小商人气炸了，每天在外面喝酒，喝大了回来就撒酒疯。

玉姐把烟灰缸从梳妆台挪到地上，里面的烟蒂全是娇子，成都本地烟，密密麻麻似乎是某种沙漠上的植物。挽起袖管，又点燃一支，烟雾氤氲，眼神里带着一份迷茫渴望，像是在等待着什么。

她叫我来，并不期望能帮实质上的忙，但多一双耳朵，就多了一个发泄的出口，谷底的情绪兴许会稀释得更快。

我突然注意到，她露出来的手臂和脖颈上有几块瘀青，还有刚结痂的伤口，像水泥地上干涸的泥潭，有着不规则的褐色边缘，另有几处透着猩红，明显是新伤。

不是同情，而是出离愤怒，但话到嘴边，我的气势却如缩水的羊毛衫，变得很弱："要么跟他分手，要么我就把所有情况告诉你妈。"

她以一种难以置信的、看向叛徒的眼神望向我，我大力地关门，感觉整栋楼都在抖。

玉姐是从小被养得如此金贵的女孩儿，朗朗一派天真。每天早晨起床，便有两颗鸽子蛋、一杯鲜牛奶在餐桌上等着。各种水果漂洋过海到她家里，变成一杯浓缩果汁，新鲜的坚果搁在小碟里，带着金黄的色泽。她周周必买时尚杂志，学着里面模特的打扮，把自己收拾得得体而动人。

青春的那几年，不需要太多修饰，就能活出骄傲和气象。

她从小喜欢唱歌，就送她去学，后来心思不在学习上，成绩愈发不理想，就干脆一门心思学艺术。请最权威的教授上一对一小课，十多年前，价格就要二百一小时，每周两次，每次两个小时。照现在的物价算，一个月下来怎么也得七八千吧。

而她的父母并无特殊，是万千大众中，最普通的那一种，兢兢业业工作，踏踏实实做人，把孩子当玉捧着，攒一辈子积蓄，眼睛都不眨一下就可以全部投在她身上。

玉姐想通了，从城乡结合部的坟墓里爬出来，不再逃避生活带给她的失望。除了钱、银行卡、手机和一本日记，其余什么都没带走。那只上蹿下跳的博美？如果它还在，当然会一并带走。但就在前夜，小商人又接连被拒掉三笔生意，喝多了酒，关门的时候失手将它夹死了。温热的小身子渐渐没了温度，不再发出死寂的房间里，唯一令人感到欢欣鼓舞的叫声。

污浊的、不堪的、令人发指的，从那个男人身上涌出来，漫过了她的脚，打湿了她的鞋。

现在，她要光脚走回来。

同学会上，她与从上海回来的初恋男友死灰复燃，俩人在闹市区兜了个门面做美发。

初三那年开始在一起，堕的两次胎，都是因为他。

意外怀孕，十几岁的小孩儿，懂什么，胆子比天大，没敢跟家里说，几个同学凑了点钱，去药流。

吃了药，头天一点儿反应也没有。她在心里嘀咕，该不会买到假药了吧？跑去药房问，卖药的大妈头也不抬："接着吃。"

第二天，吃完药就吐，吐得眼冒金星，找不着北。到了第三天，吃完药没过几分钟就在教室里满头大汗，数学老师走过去摸摸额头："没发烧啊！"让几个同学扶着去医务室看看。她走在路上，从未体验过那种劈天盖地的疼痛，"厕所，厕所"，一下跪跌在地上，一样东西掉下来，白色的。她一看，就放心了，回家倒头睡了一天一夜。

第二回简直驾轻就熟，第一天猛跑猛跳可劲儿做，第二天吐，第三天拉，睡四十八小时，完事儿。

发廊附近是成都最繁华的商业区，不用担心生意旺淡。地段好，只要师傅手艺不太糟，就不愁没顾客。

她又没学过理发烫发的手艺，只能坐在柜台后面收钱。

早上刚开门的时候人少，理发师闲，就给她做发型。玉姐一米七大高个儿，脸蛋儿也好，出门去春熙路上遛一转，保准有很多妹子来打听头发是哪儿做的，真人广告秀每天都能给店里拉来不少客源。

到了下午人多起来，她就看电影。一会儿笑得捂肚子，一会儿又哭得卷纸扯成哈达。悬疑惊悚片不敢在家看，店里人多正好。顾客去结账，一看老板娘瞳孔放大，表情狰狞，丢下钱就跑。

好景不长，才开两年，就赶上城区规划旧房拆迁，她又失业了。

家里人看不下去，求爷爷告奶奶，给她找着个正式工作，去公司做销售。听起来不错，说穿了就是电话推销，但怎么说也是托了好几层人情，才被人家施舍这么一个名额。家里特意召开了全体大会，七大姑八大姨轮番上阵，劝她收心好好干。

玉姐听完也收起过去那种不服管的德行，一颗红心向太阳。

她人生中第一次拿到了大公司的门禁卡，员工证，笔挺的套装，还有专属的办公隔间，真正意义上的同事。睡觉之前，她把那几张卡摩挲端详了好几遍，像小时候园游会的门票，放在床头柜上，生怕被同学抢了去。

我很久没在她身上看到那种紧张，还有在紧张之上绽开的兴奋。她梦想着，能够通过这份工作，一步一步抵达常青的未来。在灯光亮起以前，忐忑而充满希望地攥紧拳头。

早中晚几班倒，没得选，排到哪个时段就得去。每个月都有业绩要冲，领导大跃进式的提标准，每个人的名字和销售额被制作成表格，挂在部门入口。

玉姐争强好胜，每个月都是第一名。年会上，音乐学院的专业底子，使她毫不费劲地成为当晚最闪耀的星光，公司上下尽人皆知，姑娘是个全才。

那年春节，玉姐爸妈扬眉吐气，逢人便把话题扯到女儿新近的工作业绩上。一对已经显露中年形态的夫妇，絮叨，家常，一辈子平安无虞，不再寄希望于此生有任何成就。若是女儿争气，就是他们能想到最完美的人生了。

她辞掉工作的一年半前，考虑要孩子。快三十了，年龄再大恐怕对孩子也不好。

跟老公商量以后，俩人戒了烟戒了酒，调整饮食，锻炼身体，但就是怎么都怀不上。他们就像敬业的渔夫，掐准了时间出海，斟酌好撒网的位置、角度，一网网地放下去，打上来次次都成空。

时间撕扯着他们的盼望，没有一轮昼夜心底是踏实的，诚惶诚恐地，等待命运的宣判。琢磨了琢磨，玉姐觉得问题出在工作上。上班时间不规律，业绩逼得紧，压力大，内分泌紊乱。

她在家里歇了两个月，一歇就歇出了惰性，递了辞职信。

很多事压在心里不说，瞒着捂着，就以为父母不知道。但什么都休想逃过他们的法眼，有时选择不戳穿，是为了保全我们的玻璃心。

玉姐是某天在家里睡大觉，被爸妈抓了个正着的。

她妈坐在客厅就开始抹眼泪，觉得她好不容易有点起色，又把自己给毁了。想当年，她们的生活条件多艰辛，物资多匮乏，也从来没为怀孩子这么大费周章。现在的年轻人啊，就是被惯坏了，太娇贵，经不起一点儿考验。

无论生活的哪一面，都比我们想象的要沉重。

桌上的养乐多全部被我喝光，一排空瓶像打了败仗的士兵。

她翻出手机上的两张照片给我看，一支显示怀孕的验孕棒和医院的一份报告单。

三个月前，玉姐发现自己终于怀孕。小两口家里的气氛像吉卜赛嘉年华，他们跑去商场疯狂采购母婴用品，刷爆了一张信用卡。结果没过三个月，孩子掉了。

她把双脚踩在茶几上，下巴支在膝盖上，看着我。

那个幼儿园时，跟我一起在外婆楼下穿着公主裙比赛谁的裙摆转得大，转到内裤露出来都浑然不知的女孩儿，眼神落到如今，是如此瓷实滞重。

她的床底下，有一个箱子，里面全是打口碟，从她念大学，一点点攒起来。有时去东华电脑城前面的那条街上淘货，有时在春熙路的夜市也能捕获几张。还有新南门桥头，老板跟她最相熟，没带钱还能赊账。幸亏毕业之后，全部寄存在了另一个朋友家，才得以完整地保存下来。

每张碟片都有不一样的故事。有的运气好，打口打到边沿，歌都是完整的；运气不好，碟片会在意外的地方跳针、打滑，发出刺耳的声音，可能一两首歌听不了，或者听不全。它们都受过外伤，但伤没伤到要害，只有放进 CD 机里，从头到尾听一遍，才能揭晓。

2009 年，她结婚，悄悄对我耳语，说最想把粉紫色的花球抛给我，让所有的喜气都围绕在我身边。别人她真的不那么在意，而我过的是她一辈子都过不了的人生。

她说，有时，她会把我想象成她在平行时空的分身，我的一切都那么符合长辈的所有期待，令他们脸面有光，背脊挺直，脚底生辉。而她，却一次又一次地令他们失望、低落，活过大半生，还得一遍遍在暗夜拭泪，不知自己到底得罪了何方神佛，让儿女替自己受罪。

既然大家都是人生的新手，为什么活得天差地别，能力和运气，前者还有可塑之处，但后者，实在没有道理可讲。她似乎一直都在一片暗黑之中蜗行摸索，脏污、疼痛、绝境，都不肯轻易地放她走。

生活，曾经种着她的梦想，现在埋着她的梦想。

那一刻，我只想变成飞行员，三百六十度转着弯，载着她飞跃所有崇山峻岭，悬停在一片不起风波的水域。

我也想告诉她，即使我看起来灿烂有加，掀开里子，有太多她不会想去体验的苦涩和绝望。而这就是现实，想尝到那一点儿甜头，要走完一段不知何时到头的晦暗不明。

但我看着那排稀稀拉拉的养乐多空瓶，什么也没说，什么也没做，一言不发地坐着，分担着午后的沉默。

她曾无数次地提起，若是人生有复盘的可能，那她愿意再回到小学一年级，重新往后活一次，因为现在太苦了。而我回应她的答案也一成不变，我从来没有一刻产生回到过去的冲动，因为来时路太苦了。

讲故事的人从来只挑最精彩的部分讲，生活里哪一个人，不是有着千种姿态、万个故事。不过是同坐一桌，搓着这局人生的麻将，从凌晨到天明，没人敢说输赢。

　　道申回来寻亲大概也是这个道理，任何版本的故事都在情理之中，也许是碗平淡不惊的清汤面，也许是盘平地起惊雷的辣子鸡，也可能是一钵香浓绵长的土豆炖牛肉。

　　不管生熟好孬，都要把它吃下去。

　　我教过一百八十个荷兰学生中文，百分之九十五都是土生土长的荷兰人，轮廓清晰，鼻梁高挺，金发碧眼。里面还有一些中荷混血，也有从中国移民过去的夫妇的孩子，大多在荷兰做生意，黄皮肤黑头发黑眼睛，道申是其中一个。

　　每次上课的时候，他都坐在拐角的位置，更准确地说，为了抢到那个位置，道申总是第一个到。

　　他有轻微的口吃，惯常一言不发。有回在课堂上，我向他抛出了一个并不难的问题，但他涨红了脸，嘴唇带动着整个脸部肌肉在发抖，脖子上的血管暴露无遗。

课堂气氛登时冷清下来，对于老师来说，这场面万分难熬，像是词穷的主持人面对冷场的晚会，每一秒挨下去都需要勇气。

因为尽力想要说出些什么，道申紧闭双眼，伸出食指放在鼻侧，似乎想要阻挡些什么，却无济于事。我走近他座位，瞥见稀薄空气中，他脸上所有的汗毛都在摇动。他在用力，在使劲，呼吸变得短促而断续。

头顶的日光灯从明亮转为苍白，十四个人同时等待着他的回答："自自自自自自自自……自行车。"

没人哄笑，没人指责，没人抱怨。

念小学的时候，班里有两个轻度弱智，女的高头大马，男的弱不禁风，为了让他们不打扰到其他同学的正常学习，班主任把他们塞在教室最后一排的课桌后面，跟拖把、扫帚、簸箕挤在一起。

直到现在，我都清楚地记得他们的名字，因为这两个名字在童年记忆里重复了太多遍。

"赵云、刘国潮，不要打了！"

"赵云、刘国潮，站起来！"

"赵云、刘国潮，给我滚出去！"

"赵云、刘国潮，明天不要来上课了！"

班里的一部分男生女生却对这种残忍的暴力有着近乎痴狂的迷恋，一等老师收起课本教案走出教室，他们就围拢在赵云和刘国潮的座位旁边，拍着小巴掌，跺着小脚，喊"打，打，打"。俩人的斗志和怒火在旁人的煽动之下，被立马挑起、激燃、爆裂，赵云伸手像捉鸡仔一样把刘国潮往地上按，一脚踩住他细弱的脖子，刘国潮则扑腾着手，去抓赵云脑袋两侧的麻花辫儿，用力一拽，把她的头往课桌上一下一下磕。

那些年纪幼小的同龄人，像古罗马斗兽场作壁上观的看客一般，发出高高低低的呐喊或唏嘘。这触目惊心的羞辱，让我感喟人性暗淡，世道无光。

而我至今悔恨自己那时的懦弱，将一团怨愤憋在心里，也不敢大吼一声，住手！

说回道申，他成绩很好，交上来的作业，汉字一笔一画写得很工整，看得出用铅笔和直尺先在白纸上画出一栏一栏的长线，写完之后再用橡皮擦去。

上半期的期末考试，前几门考试他表现都很突出。

而在我的口语课考试当天，道申起初发挥得并不理想，口吃的毛病困扰着他。

通常口吃的人对自己讲话时的口吃都有很强的自我意识，越想努力说好，越讲不出来，何况这是决定一学期分数高低的考场。

他又呈现出了课堂上的那个状态，急躁、焦灼，并且这种紧张正在发酵，转化为某种我摸不准的情绪，可能是更大规模的火山喷发，也可能回到台风眼的平静里。但情况分明不容乐观，压在他身上的紧张越聚越多，每呼吸一次，就战栗一次，像只受惊的小兽。

他知道他可以说出来，但现在嘴像上了锁一样，他正在翻箱倒柜找那把正确的钥匙。

似乎有点儿接近绝望了。

"请给给给我三三三十秒。"

漫长的黑色三十秒，嘀嗒、嘀嗒、嘀嗒。

窗户外共经过了十五个人，九个男人，四个女人，还有两个小孩儿。三个人同时穿了黑色的防风衣，有一个年纪不大的女孩儿在头上套了军绿色的发带。

道申活过来了，脸色由煞白变成绯红，握紧的拳头和紧锁的眉心同时松开来。经过刚才情绪的剧烈波动，此刻他镇定了些，靠在椅子的后背上，整个人有种被抽空的虚弱。

他断断续续地说出完整的句子，每结巴一下，我的心就被两只大手像拧抹布一样拧一下。他应当放松，但做不到，于是反过来用力，把说不出的字都从体内个个逼出来，如同武侠小说里的中毒之人靠内力把毒素逼出体外。

他一定料想不到，我比他还紧张，手心早已攒出了汗，握在手里的笔一直在纸上打滑。可是，除了给他更多的时间，再也帮不了他什么了。

好在道申没放弃，他能连续说出的句子越来越长，虽然还是磕磕绊绊，但最后成功了。而只要耐心听完他的陈述，你会跟我一样，认为他说得那么好，逻辑清晰，观点独特，表达准确。我几乎要热泪盈眶，像看到奥运健儿撞过终点线拿到金牌一样激动。

我伸出手去，向他表示热烈的祝贺，道申迟疑了一下，也伸过手来。接着，我手腕一震，手心感受到一阵刺骨的冰凉，像电流穿过身体，他仿佛从冰窖而来。

道申也觉得有些尴尬，很快把手抽了回去，转身离开，我以为到这里就结束了，没想到他走到门边，停下来，突然用英语低声说着："I'm sorry, sorry. I know I could do better in general, but ……Sorry, sorry.（对不起，对不起，我知道我能在总体上做得更好，可是……对不起，对不起。)"

说到一半他的肩膀开始抽动，我看到那曾空洞得让我一眼望不到底的眼中刹那间噙满泪水，泪珠颤动着，似乎再过一秒钟就要溢出来，我一时有些慌张。

有天我在办公室加班，批改作业，有人敲门，一看，是道申。他局促地将手夹在腋下，说远远看见灯还亮着，问可以聊聊吗。这在事事都爱提前预约的荷兰，稍显生硬唐突，但我并不介意，笑笑说，当然可以。他走进来，在我对面的椅子落座。我给他倒了一杯温水，他没喝，看起来是在酝酿一席话。

"老……老师，你是四川人吗？"

我想了想，省得跟一个外国人解释重庆跟四川的"恩怨情仇"，便点了点头。

他用中文夹杂着英文跟我说了他的故事。

道申现在的父母是地道的荷兰人，世代居住在国境最南的马斯特里赫特，吃完晚饭散散步就能走到比利时。他们住的地方离德国也不远，全家人常开着车去物价相对便宜的德国超市，采购一大批食物和日用品囤起来。

两岁，他被亲生父母遗弃在成都闹市的街头，土黄色花布袄子裹着，头戴灰色小帽，一张纸片上写着出生年月。"哎，又是个造孽的娃儿！"路人感叹着，将他送到派出所，派出所先是登了几天的启事，没人来寻，就把他转到了儿童福利院。

不会英语，更别提荷兰语，连普通话也不会，福利院的阿姨只会说四川方言："莫跑莫跑，你要爪子！撒子嗬？屙尿？赶紧切！（别跑别跑，你要干什么！什么？小便？快去！）"这也是道申那时唯一掌握的语言。

四岁，命运拧转。

这对来成都游山玩水，围观集呆萌于一身的大熊猫的荷兰夫妇原本只是计划了一次温馨的蜜月旅行。他们一路辗转去到川西，那些光着脚没书念的小孩儿，纯朴真挚，阳光善良，撒丫子在牛羊群里踩着粪便奔跑，见到一颗薄荷糖就如获至宝，撕开包装纸舔一口，就藏在衣服口袋里舍不得吃，直到毒辣的日头把糖晒化，夫妇俩临时滋生出了领养的念头。

他们按图索骥来到福利院，阿姨让小孩儿们一字排开站好："立正，向左看齐，稍息。"道申刚从厕所小便完回来，裤子穿歪了，拉链也忘了提，小小的胸腔起起伏伏，气儿还没喘匀，顺溜地站在队伍的尾端。荷兰夫妇第一眼就喜欢上了他。

有一段领养当天的视频一直保存下来，道申头上戴着荷兰国王节人人必戴的橙色帽子，因为帽檐太宽，头太小，差点儿遮住眼，一口四川话圆熟："好好耍噢（真好玩儿）。"

他脱下鞋，让我看脚背连接脚踝的位置，一处小小的棕黄色胎记，像霜冻的符号。

看多了这类新闻，没想到自己有天也会参与其中，还是跨国寻亲。

道申决定申请来中国留学，提前一个月到，专程去趟成都。我们约定八月在成都见面，他得先从荷兰到北京，把行李安顿在宿舍，再从北京坐火车过来。

二十八个小时，足够他欣赏沿途的大好河山了。

寻亲非得动用媒体不可，但道申一直坚持，要尽可能少地曝光，他不喜欢抛头露面，也不喜欢变成人们嚼舌根的话题。我很理解，口吃一直让他逃不掉内心深处的自卑感。幸而我在成都有一些在报社、电视台工作的朋友，把道申的基本情况做了简要介绍，托他们发布了消息，还委托一个公益组织在街头发了一千张传单。

刚巧下午没事干，就顺道去实习的地方拜访曹君和沫子，两年没见，曹君还是憨头憨脑，一点儿为人父的感觉都没有，穿上校服能毫无违和感地混迹于高中生的队伍。

沫子跟玛莎拉蒂早断了联系，传闻玛莎拉蒂跟那女的已经领了证，仍不改风流本性。我问她现在是一个人吗，她高兴地回答："当然不是了，我有人陪呢。""谁？""梅友人啊！梅友人陪我吃饭，梅友人陪我看电影，梅友人陪我打电动。"

我快要笑醉在麻辣小龙虾的倒影里了。

曹君怂恿我做个顺水人情，让他独家介入调查，做一期"荷兰弃婴万里回国寻亲"的选题，考虑到道申的请求，我愣是蹭了他一顿豪奢的冷淡杯也没答应。

联系人留的是我的电话和邮箱，一个月内，接到了七个家庭的回复。

在发布消息以前，我特地去了福利院和道申短暂停留过的茶店子派出所，想要搜集到更多关于他的消息。但翻出二十年前的档案，除了已知的信息，没有更多收获。

见面地点安排在道申住的酒店房间，第一对夫妇会在九点出现，我八点赶到住处，他已经收拾停当，穿得很随性，但用发蜡整理了发型。

道申看上去有些激动，这让他少有地主动开口，他说，当他走出成都火车站，置身滚滚人流，有种在空中飞了多年，终于平安降落的感觉。

前几个来认亲的家庭，二十年前都在农村过活，有的现在仍靠种田为生，有的后来到了城市打工，搬砖、糊墙、做些小买卖，但都不富裕。回转二十年，情况大概更糟。

他们的普通话并不好，道申能勉强听懂一部分，有的还得靠我转述成英文。

按理说，被家里遗弃的多是女孩儿，八十年代末的农村对女孩儿仍有天然的歧视，他们不断地生，抱着赌徒的心态，永远觉得下一把暗藏转机，会把赔本的钱全都捞回来，但没有，孩子越生越多，男丁一个也没得，穷得只剩下命，就只能舍命，舍孩子的命。

若是男孩儿，不幸出生时就得了病，没钱医治，也免不了这样的结局。

可是，像道申这样身体健康性格活泼的男孩儿，我实在想不出有什么理由。

坐在酒店的窗边，从白日青天听到万家灯火，肚子咕咕叫了无数轮，像在听一些荒谬拙劣，又无可奈何的故事。但我不该这样想，道申并没提供任何报酬，因此他们绝不可能是为了钱，千里迢迢赶过来。那么是为了攀上个洋朋友吗？对于这些生活在城市中下层的老百姓来说，外国的确是太遥远的存在了，一辈子踏不出省，更别说国门，荷兰就像外太空一般，陌生又疏离。

他们有的抱着道申痛哭，像在洗清自己的罪孽；有的还收藏着孩子小时候穿过的小毛衣，一针一线手工勾出来，胸前有只顽皮的梅花鹿，问他是否记得；有的则希望他能跟着他们回家看看，说家里的兄弟姐妹都很想念他。

而道申显然很投入，每一个故事都将枝蔓伸进他记忆深处的荒草地，努力搜寻着可与之关联的细枝末节。

直到最后一个人进来，我方才再次打起精神。

那是一位上了年纪的老人，里着朱红格子衬衫，外罩锈色毛衫，左臂上搭着一件穿了多年的皮夹克，肘部有很深的沟壑，但看得出皮质上佳，是好货色。他的手背布满了褐色的老年斑，像某种热带鱼类的身体，静脉凸起，暗青色，如植物的经络。老人从皮衣内侧拿出一页纸，展了展，清了清喉咙，接着念出了一串蹩脚但不妨碍理解的荷兰语。

先生姓孙，高校教授，夫人是同事，跟他在一个学院。老孙曾在荷兰做了两年的访问学者，道申的孕育和出生正是在这两年间，但老孙并非他的父亲，母亲却是他的夫人。

出国期间，老孙手下的博士生转给了夫人带，她跟其中一个学生天雷勾地火，一发不可收拾，步步越界，道申就是这根苦藤上结出的果。

老孙大怒，可若是事情闹大，只会三败俱伤，谁也捞不着好。博士生当年正值毕业，此事一出，必定学位不保。况且，老孙头脑中老一套的观念，教条般钳制着他的暴怒，他不想成为别人口中连自己老婆都看不好的男人，学术做得好有何用，后院起火就是无能的铁证。

道申出生之后，跟博士生一起住宿舍，他小小的，睡在靠里的一侧，不哭不闹，安安静静一觉到天亮。但博士终归是穷学生，没有太多收入，单身汉时，手头都相当紧张，免不了寅吃卯粮，多了个奶孩子，更是入不敷出，苦巴巴地，得靠老孙夫人周济。但老孙死活也吞不下这口气，严厉禁止她再提供任何费用，也不许她去看孩子。博士毕了业，发现根本没法儿跟老家亲人解释这个孩子的来历，连夜把他放到了街头。躲在隐蔽的街角，看到有人抱走才离开。

道申被送到福利院之后，他还去看了几次，良心的谴责一刻不停地折磨着他，也纠缠着老孙夫人。

旧情归旧情，孩子终究是身上掉下的骨肉，老孙夫人悄悄保留了一张道申的照片，夜深了窝在被里拿出来轻轻摩挲。老孙看在眼里，也觉得心如刀割。

当他们一家听闻道申被一对荷兰好心夫妇领养时，觉得世事奇妙，许多巧合难以解释。

"您您您，您能带我去见见她吗？"道申急切地打断了老孙的话头，老孙也不顾他的插嘴，继续往下讲。

乌飞兔走，十多年转眼不留痕迹，老孙也想开了，俩人退休说好去荷兰故地重游，看能不能找到道申，再见一面。这种面，见一次少一次，说不好就是最后一面，好歹要了老人家一个心愿。

老孙这才想起，当年去荷兰生活了两年，回来就被这堆破事折腾，好多在那儿生活的趣事压根儿都没跟老伴儿絮叨过。从此，俩人每天睡前就躺在床上唠半个小时，什么露天市集上拎起尾巴扬头吃的生鲱鱼，阿姆斯特丹红灯区持证上岗的应召女郎，女王节大街上半开放式的男士小便装置，老孙夫人笑得咯咯的，笑乏了，就托着那股劲儿，睡得香喷喷的。

签证办好了，机票也买好了，出发前一个月，老孙夫人咳嗽不止，胸痛，咯血，送医一查，说是都到肺癌晚期，入院还不到一个月就走了。

临走之前，她拿枯如瘦柴的手抓着老孙的手，嗫嚅着，自己年轻的时候做错了事，也遭了上天的惩罚，悔了一辈子，没饶恕过自己。对老孙这一生的海涵，她感激不尽，请他帮忙完成最后一个心愿，有生之年，替她见一面道申，说声迟来的抱歉。

老孙讲完，仿佛跟憋在心头多年的一个疙瘩终于握手言和。

而我的心头，像被一记重锤砸了一下，闷闷的。

送走老孙，我带道申去锦里，边逛边尝成都小吃，脚没停，嘴也没停，直到十点才从人头攒动的老街里探出头来，回到盛夏宽阔的街道。

从入口吃到出口，我俩都撑到了嗓子眼儿，互不示弱地打着响亮的嗝儿。

我问道申，吃了这么多小吃，最喜欢哪个，他想也没想，回答"伤心凉粉"。

伤心凉粉？

吃伤心凉粉的全程，我明明只听到他不停重复两个字，"辣辣辣辣辣辣，水水水水水水"，怎么会最喜欢？

五秒后我就顿悟了。

重庆人嗜辣，可小孩子一开始是吃不了辣的，怎么办，厨房里红油辣子好香好香，大人煮面炒菜都是要放一大勺辣椒豆瓣的。童年的我盘踞饭案，都是涕泪交加地完成每餐饭。因为想吃，所以再辣也要去试。

道申回来寻亲大概也是这个道理，任何版本的故事都在情理之中，也许是碗平淡不惊的清汤面，也许是盘平地起惊雷的辣子鸡，也可能是一钵香浓绵长的土豆炖牛肉。

不管生熟好孬，都要把它吃下去。

道申在成都待足了一个月，把当年荷兰父母去过的地方都走了一遍，不断给我发来新的旅行坐标。

时光就像年轮一样，一圈一圈地打转，路径与情绪不同，但内核没变过。

他在峨眉山金顶坐了很久，向我描述凌晨四点起床看到的景象，阳光在山顶熠熠闪光，山腰以下却是茫茫雾气。过程中，无数次感觉自己被卡在雾里，跑不出去，消失在里头，但那道光也不知是什么时候出现的，热暖心窝，溶解了所有失落。

道申离开成都的前一天，DNA 检测结果出来了，前六个家庭无一跟他匹配。当然，如果最后一个故事为真，除非找到老孙口中的博士生，否则也无从旁证。道申把自己的 DNA 样本留在了成都，如果有新的可能，方便进一步鉴定……

　　他们各自的人生完全不同，却处在互相理解的痛苦或释怀中，在那个谁也预料不了的时刻，短暂交错，将身上庞大的故事系统进行了一次倾吐与交换。

　　行走在马路上的时候，没人看得出他们是遗弃过骨肉的父母，也没人看得出他至今不知亲生父母在何方。所有的谜底，都沉睡在某个我们难以抵达的孤岛，在每个沉默不语的黑夜，搅扰肝肠。

孤 独 星 球

阿奔与众不同，他始终让我感受到，在自由与寂寥之外，生命的热
度。那是不追求任何具体的目的而做出的努力与尝试。

他不曾与真实的人生离散，不为救赎，不为彼岸，只为此时此刻，扎
扎实实的人生。

我在去羊角村的路上，遇到阿奔。

那是我在荷兰待的第九个月，挨过了冬天，郁金香开成连片的花海。

习以为常大约等于视而不见，在熟悉的世界里，人们变得麻木无感，
为了刺激自己的感官，想方设法寻觅新奇。

从莱顿出发，坐两小时火车，才能到达这个位于荷兰西北部的小镇。

阿奔穿着北欧品牌的冲锋衣，阿拉伯风格的长裤，背着来自东南亚、
用艳丽彩线手工编织的斜背包，上了车。那一身的琳琅满目，像一盘兴
之所至的炒饭，不同食材不同配料，汇于一炉，实现无界融合。

最初进入我视线的是那条宽松的裤子，充满垂坠感，从臀部开始，呈喇叭形，在脚踝处随意地扎起，走起来两腿生风。这两只松软的大喇叭在对面落了座，视线溯流而上，发现他正在看我。

于是下意识把双手放进衣兜，没想到，那天的衣服，上上下下都找不到一个兜。

古怪的行头预示着这个男人浑身上下都是故事，正如他跟我说的第一句话："你知道印度的火车上，有人会端着新鲜的蔬菜上来卖吗？青菜、胡萝卜之类，大家买了就用手抹两下，直接吃。"

在荷兰的火车上，很偶尔，才会见到一些卖热饮和小食的人。

可这样的人，我见得并不少，全世界的青年旅社，随随便便就能抓出一把跟你扯生命即是旅程的家伙，聊天的时候，句句假装轻描淡写，但句句都是吹嘘。近几年，各种仁波切火了。仁波切是藏人称"活佛"的说法，各国旅行者也时兴去找个仁波切，学点简单的佛理，听他们灌点正能量，当作卖弄的资本。

倒也没什么防备心，两个人就这么聊起来，打发乘车的无聊。

在他以前，我已经聊过一个四十年前航行世界到过中国的水手，会讲九门外语的伊朗人，还有坐着轮椅去台湾旅行的女孩儿。

阿奔踏上旅程已经一年半，他在火车赠阅的免费报纸一角，给我画他的路线，起点是东南亚，然后西藏、新疆、中亚、中东，歪歪斜斜，从边栏留白处一直画到娱乐版荷兰女星大幅彩照的胸部中央，刚好终结在此刻脚下的欧洲。

"我能看看你的护照吗？"

"当然。"

他拿出饱经沧桑的赭红本子，上面的章子密密麻麻，花花绿绿，从头翻到尾，像一只瑰丽诡谲的万花筒，每一个印戳都是一段奇幻旅程的注脚。

坐这趟火车的旅客，十有八九是去羊角村。它的得名全因为十八世纪，考古学家在这里挖出了许多羊角。

整个村落靠水路连接，细窄的水道，如同蔬菜叶片上密密连缀的纤维。岸上也有狭窄的石径，能通行单车或步行，各种不知名的植物一汪一汪，绿得发亮。

我半月前刚来过，一切驾轻就熟，在入村的小河口，租下老船夫的一艘平底船。船身单薄，吃水很浅，舵在尾部，得把手放在身后操作，一开始有些别扭，但只需要一分钟，就能将船听话地划出去。

听过太多远行的理由，我并不好奇阿奔的背景。

人们大多抱怨过去是在浪掷生命，理想和自由被现实无情碾压，个人价值被世道席卷，成为庞大社会机器里中规中矩的一分子，想要跳出陈规滥调的心，在种种想法的对垒之后，战胜了对现实的葡匐。

何况我们只是萍水相逢，今日之后，恐怕再无交集。

五月将尽，湖上的风扬起来，还掺杂着冬天未散的寒色。船漂在岸边木屋垂垂的倒影里，从长势旺盛、一米多高的芦苇荡里探出头去。浩渺水面，似乎从船里踏脚走出去，就是平滑的镜面。阿奔熄灭了发动机，船便随着自身的韵律，悠悠摇摆。

远行以前，阿奔在上海开一家杂货铺，专售限量的手工器皿，简约流畅，用起来不失实用，摆在家里，随处都好看。这家店蛰伏在安静的巷弄深处，只在他心情上佳的时候开门迎客，其余时间均需提前预约。他并未将店铺当作收入的主要来源，他不愁钱。阿奔的正职是一份每日进出陆家嘴摩天大楼的高薪金领。他也没有不快乐，日程紧锣密鼓，但始终张弛有度，店铺开起来，每月飞一次日本，走街串巷，挑出那些独一无二的器物，往往还未入店，就被预订一空。他把买主的心理咂摸得一清二楚，少而精，才能喂饱他们心底那只充满了独占欲的小兽。

突然有一天，当他扛上半人高的背包，反锁住那间推开落地门走到阳台、黄浦江风就能迎迎拂面的公寓房门时，觉得自己不过是选择了一种新的生活方式。那幢堪称豪华的公寓每平方米的价码人尽皆知，可里面住着的人，拾掇得光鲜亮丽，坐进一辆辆豪车，再走进一间间独享的办公室，门上挂着绝大多数人奋斗一生渴求实现的职业目标，忧郁症却严重到每天要吃八种药。

没有抱怨，没有伤痛，没有逃避，没有郑重其事地周知朋友家人，坦然地，洒脱地，充满希望地，离开。

"从收拾行李开始，世界就在为我注入新知——不能装进背包的，都不是真正需要的。"

他对生活持有的清醒，并不多见，模式之中的人往往看不见这种模式，正如金鱼不知道自己生活在鱼缸里。

第一站就跑去恒河。

"难不成他们还能强奸我？"

我笑。

在印度，富翁与乞丐，食肆与垃圾，人类与动物，自然共存于同一空间。恒河更是，阿奔游荡在恒河边，一路目睹有人刷牙，有人洗浴、洗衣，有人将骨灰撒入河中，有人直接将尸体抛入，大小便随处可见。

"你能想象吗？人们仍旧将这水当作圣水，坦然取用。"

最虔诚的信仰，同时却承受着最污浊的妄为。

从城市到城市之间，坐着蓝皮火车，超载、嘈杂、无序、不准时，像个众生百态的杂耍剧场。这些阿奔短暂体验到的状态，印度人却多年来不间断地置身其中。

他在路边，看到衣衫破烂赤着脚的小男孩儿，旁边坐着酗酒的父亲，便动了恻隐之心，拿了些零钱给他。眨眼间，屋后就跑来一群脏着脸蛋儿的小孩儿，把他围得水泄不通，伸长着手臂要钱，好像是上辈子欠他们的。

老鼠、猴子、水牛，全都混杂在日常里，旅馆老板直接给他一根木棍："猴子再来，你就打。"

十天以后，阿奔因为水土不服，饮食不惯，开始上吐下泻发烧。

突突车的师傅把他拉到诊所，刺鼻的气味，杂乱无章，躺着坐着一堆人。他一看，里面比外面还脏，就又跑出来，在旅社躺了三天。入住的时候，因为房间的价格，老板出尔反尔，两人大吵一架，此后出入各自都不再摆出好脸色。但自从阿奔卧床，他竟每天按部就班地来送粥。

三天后，阿奔奇迹般地自然痊愈了。

半个月，没洗上热水澡，没吃过一顿像样的饭菜，对生活的期待，降落到最低微的标准。加法做得太多，在印度，不费吹灰之力就学会了做减法。

穿越中亚，每一个签证都拿得像中六合彩，每一次通关就像一次前途未卜的冒险。除了语言不通，种种乱七八糟的破规定以外，还有说变就变的随意。那种煎熬，胜过一场漫长的单恋，你递出一纸情书，对方可能前一秒还感动得不知所措，后一秒就轻蔑地甩你一脸哈喇子。

因为没有合适的住宿而不得不坐夜车，穿越广袤贫瘠的沙漠，他把背包紧紧抱在怀里，那是他唯一熟悉且可依赖的物件。

路上的风景并不优美，对一个赶路的人来说，没有丝毫小布尔乔亚情调可言。一整天，他只吃了一小包饼干，嚼得极细，每一厘都融在唾液中，才舍得吞下去。

多年来，第一次过生日的时候，身边全是包着花头巾、裹着毛茸茸外套的土库曼斯坦大妈。她们用壮硕的身体，将车里的每一寸空间都霸占得严严实实。最后一排有个年轻人，会简单的英语，友好地问他要去哪儿，有什么需要帮助。他以为救命稻草来了，可刚握在手里，就发现完全借不了力。信息传递得支离破碎，阿奔笑笑，低头不语。

颠沛流离，辗转坎坷，即便此刻有一张生硬冰冷、还散发着前任住客体味的床，也比黄浦江畔高级公寓里香软的席梦思，要令人欣喜万倍。

太阳出来了，明晃晃地晒在湖心，压得眼皮很重，睁不开，我伸手挡在头顶，阿奔知趣地将船一个拐弯，又划进河道里。羊角村的天然，完全无须雕琢打磨，芦苇齐刷刷地盖着两岸白白净净的小屋，满园香草，绿头鸭在水里浅叫，小股的风在领口处游窜。

我拿出早晨在家里做好的三明治，分给他一个。

他接过去，闻了闻："豪达产的奶酪吧？"我点点头，百分之六十的荷兰奶酪都来自这座小镇。

豪达奶酪是荷兰饮食的灵魂之一，也是这块三明治的灵魂，没有它，味同嚼蜡。只是我选的是青酱味，不知合不合他的口味。

阿奔用十个手指紧紧钳住，一口下去，夹在里头的西红柿、鸡蛋、生菜没有一样滑出来。他开玩笑，三明治吃散了，它的魂儿就没了。我低头看了看手里魂飞魄散的三明治，吐了吐舌头。

就在阿奔踏上欧洲的土地，以为一切变坦途之时，马失前蹄，在徒步阿尔卑斯山的时候，摔断了腰，人生第一次，住进了资本主义国家的医院。

徒步线路全程一百七十公里，从法国开始，经过意大利、瑞士，再回到法国。四百多个山峰，四十多个冰川，七个河谷，要走上十多天。不断地翻越山脊，上下陡坡，从密实的树木中穿进穿出，跨河攀岩。走到第十天，人困马乏，因为前一夜跟一帮对中国一无所知的奥地利学生普及了一晚上中国常识，喝多了威士忌，此时更是体力不支，身上的所有东西，扔了的心都有。到了意大利和瑞士交界的山口，疲乏、宿醉加上高原反应，突然有几秒，他觉得地动山摇，一步踩虚，重重跌下山坡。

医生说脊柱中的一节陷入了另一节，大量的碎片散落在旁边。各种消肿针被注射进他的体内，而他只能维持一个动作，仰躺在床上。

自由地翻身？那是昨天以前的事。可阿奔乐呵着呢，没被冻死，也没被雪崩给埋了，伤筋动骨，小事小事。

手术之前，医生严肃地告知他，由于牵连中枢神经，风险极大，一旦出现闪失，便意味着终生瘫痪。他听完之后，想都没想，伸手就签了字。

所有的骨头碎片被清理干净，一个合金支架被放入脊椎骨之间，辅助新的骨头生长。

三个月后，他第一次坐起来，重力的作用使得他头晕目眩，眼前都是飘忽的萤火虫。

半年后，终于可以下床行走，他跌跌撞撞地往门外冲。

医生问他要去哪儿，他不顾询问，闷头朝着办公室走去，站上体重秤："妈的，胖了。"

医生在门口笑得直不起腰。

阿奔不忘在那些让我讶异的故事之间，加进滑稽逗趣的花絮。

在土耳其当沙发客，半夜醒来，屋主站在他面前，四十多岁的中年男人，赤身裸体，问他要不要一夜情。阿奔淡定地坐起来，问："你有套吗？"然后拿起行李，开门就走了。

　　在意大利的酒吧，被两个金发碧眼的洋妞搭讪，三人一起回到酒店房间。他做着艳遇的美梦，洗完澡出来发现，人走了，钱包也没了。

　　在德国的时候，从博物馆出来，穿过小巷，阿奔反手就被骑警铐住，一把推到墙边，完全不留挣脱的余地。他满脸错愕，不知道发生了什么，恰巧那天身上什么证件没带，骑警也不懂英语，四目相对，百口莫辩。警察用对讲机招呼来另一个会讲英语的同事，手上拿着一张亚裔男子的通缉像，仔细比对了十分钟，才发现他们抓错了人。

　　跟老船夫约定的时间将近，我们沿着原路返回，到村口还了船。从公车换火车，整个回程的路途，夕阳西下，就像是一场延迟摄影，一帧帧静态的画面流淌成风景的河。

　　"你如果甘愿花一整个傍晚去欣赏日落，会发现它是有情绪的，不是月升日落那么简单的事。"它跟一朵朵云密语，选一座温柔的山头交错而过，带着若有似无的留恋，又不至哀伤，即使它们明天还会相见。

　　阿奔说，他在芬兰，住过一间透明的小屋，躺在床上就能看见天。闪电的时候，那道光仿佛要劈裂身体；雨落下来，好像水滴在身上，回到母体一般安全。心很静，身体的觉知变得很敏锐。旅行本质上是一种人与外界的相遇和沟通，他显然对这件事很着迷，也很擅长。

　　"哐哐哐"，连续几声巨响，似乎是什么重物从空中掉落直劈车身至断裂的声音，又好像是撞击上了什么物体，还拖拽着往前行进了几米。

　　火车随即停下，窗外是一片原野，看不见山峦起伏，远方即是天际线。

　　不一会儿，车厢广播响起，叽里呱啦荷兰语。阿奔转头问邻座老先生发生了什么，老先生惊愕地耸耸肩，说有人跳轨，现等待医生警察前来救援调查。

列车再次广播，我们得等待相当长一段时间。

二十分钟后，窗外闪烁着疾驰而来的警车和救护车，一队身着制服的警察和医生提着箱子，一溜烟踏过铁轨旁及小腿的荒草，进入事故现场。

阿奔淡定地讲，在黎巴嫩，他几乎每天都能听到枪声，房屋破败，墙上的弹孔稀松平常。人们面无表情地行走在路上，各自怀抱着心事，眼神里是无法靠近的冷漠。持枪的士兵走来走去，不时拦下来往的车辆。

旅馆附近发生了自杀式人体爆炸，后来的几天，他几乎睡不着，就盘腿静坐，冥想到天亮。

第一次听到枪声，密集紧凑，像是双方小规模的开火。他冲到前台，那儿已经聚集了几个西班牙人，惊恐得快要推翻接待台。老板淡淡地宽慰他们："回去睡吧，没事，别大惊小怪的。"

他一边上楼一边想，就算有事，大概也来不及逃吧。

"轰——"爆炸声传来，仿佛惊雷在耳边进开。声音太剧烈，剧烈到他丧失认知与判断，估摸不出危险的方位与距离。

那一刻，阿奔觉得，自己不过是千万黎巴嫩人中的一个，随时都面临着不可知的死亡。

不过，来到这个世界，就没想过，可以活着回去。

他就像一锅用大火煮开的牛奶，忘了时间，沸腾的奶泡就从锅边，横七竖八地溢到灶台上。那些旅途里的故事，一个接一个，止不住地倾泻出来，每一个都像是在心里沤了千遍，压下去又冒上来，最后遇到一个可倾诉的人。

不知道这是不是长期独行的旅途所致。

表达的需求与欲望，被抑制得太久，便会出现某种反扑性的回归。

阿奔找的住宿在阿姆斯特丹，我比他多两站。

下车前，阿奔伸开双臂，给了我一个尘土味的拥抱，实诚而温厚。他并不忌讳这是我们初次见面，是否应当保持某种礼节性的距离。

他说，旅途的每一种面向都在隐喻人生。

恒河里生长出的圣洁，是最高明的善良，是在社会的泥沼里摸爬滚打过，见识人性险恶之后，仍然持有的澄澈之心。

土库曼斯坦的无所确定，似乎意味着，即使当你不知道故事要怎么进行，但只要一往无前的信念还在，那么情节便可能独独为你发生逆转。

阿尔卑斯山的失足，使他知晓世事难料，无人可以抽离其上。到达终点的人，没有谁是完整无缺的，但生活有其永恒之美，如同半年的住院时间里，床头那束被频繁更换、从未枯萎凋零的花。

而他从未料想，自己与战火，不过隔着一堵墙，或几条街的距离，人们活得如惊涛，如骇浪，随时都岌岌可危。

自那以后，我们再没有过完整的聊天。

偶尔在朋友圈里，看他发几张照片，我便知道，他还在路上。尽管身处温带，但我仍能从变幻莫测的极光中嗅到北极的严寒，或是在一碗椰浆饭里，读到热带的消息。

阿奔的挎包一侧，斜插着一本"孤独星球"，这是全球旅行爱好者奉为圭臬的指南。我想起微信启动的画面，一个小人，面对庞大的蓝色星球，站在一道细亮的弧线之上，像极了他。

我曾遇到很多旅行者，在短暂的旅途中，我们交换彼此的故事。好多故事的起点，就令人扼腕叹息，他们遭遇了命运的当头一棒，才收拾起行囊。途中的所有，都是为转移生活的阵痛。当他们结束完旅程，收获的往往是更大的空虚，问题并没有得到解决，不过是仰赖着新鲜感徒劳地逃避。

阿奔与众不同，他始终让我感受到，在自由与寂寥之外，生命的热度。那是不追求任何具体的目的而做出的努力与尝试。

他不曾与真实的人生离散，不为救赎，不为彼岸，只为此时此刻、扎扎实实的人生。

真 相 在 你 手 里 吗

世上没有绝对的真相，但我们可以无限追索，试图不断逼近它。像是面对一件精密的仪器，要用胆量、逻辑、专注、耐心、细致，去把它复原。

几年前，我在一家电视台实习。

总编室的领导翻了两下我的简历，把我安排在了一档法制调查类栏目。

每个实习生都会安排一个辅导老师，带我的编导，我管他叫曹君。

曹君长得憨头憨脑，一开始我觉得他大不了我多少，后来才知道，人家婚早结了，儿子都三岁了，人生赢家。

刚开始，我每天的工作就是送录像带，陪主持人进棚录像，转写记者采访的视频，坐在编辑室里面做简单的视频剪辑。

带子是九十年代家用录像机那种，大卷大卷，堆成一高摞。栏目组的办公楼与电视台主楼隔着一条马路，我抱着它们，下四楼，过马路，坐电梯上三楼，放在各栏目的专用柜里，再抱着一摞已播出的带子，坐电梯下三楼，过马路，上四楼，放在负责后期的老师的办公桌上。

曹君一半的时间都在外采访调查，我便像独守空闺的怨妇，窝在窄小的格子间里，听着全国各地费解的方言，一个字一个字在键盘上敲出来，以便之后做成字幕。

半个月过去，我感觉青春快在这种简单而无聊的重复劳动里消耗殆尽了。于是，每次看曹君出门，都软磨硬泡让他把我捎带着出去看看。曹君一边装出一副义正词严的表情，一边尴尬地笑笑："台里有规定，不让带实习生，嘿嘿，嘿嘿。"

我默默在心里把他狂扁一顿，走回隔间，戴上耳机，继续看着一个大妈满脸愁容地向着镜头诉苦，那是一期关于土地问题的节目。

头天晚上跟朋友在街边吃串串香吃到大半夜，昏昏欲睡。

制片人从里间办公室风风火火走出来："曹君，吉林那边出了个高中生的命案，你联系摄像，立马赶过去，拿到第一手调查。"

我顿时清醒过来："我申请，自费一起去，学习。"

制片人愣了两秒："行。"

风急火燎地买了最早到长春的机票，曹君一路上都在联系当地媒体的熟人，同时在头脑中规划着采访的思路，嘱咐我密切关注网络上随时可能出现的最新消息。

看得出他的清醒绷得很紧，但久经沙场，又透着淡淡的从容。

这是我第一次不带行李出远门，事件永远是突发的，命令也不知道什么时候会来。大概干这一行的人，必须对随叫随走的节奏习以为常。

整个节目组像是一支训练有素的军队，散发着浓郁的雄性荷尔蒙味道。每个人都长着一只猎犬般敏锐的鼻子，能第一时间嗅到新闻。

原计划是先到医院。飞机刚一落地，曹君就接到电话，说人已经不行了，去殡仪馆吧。

三个人紧接着就往殡仪馆撵，刚到门口，已经围了不少记者，一个女人号哭着："放那个棺材里头，嘴就往外渗血，碰一下就淌血，止不住，后来拿毛巾垫着。"

我汗毛登时竖起来，即使因为人多而显得闹哄哄的，一股恐惧，一下子攫住了我，像是被人一把抓起，关进地窖。

事件的主角是两个高三的学生，陈鹏和田浩，在篮球场上发生了口角而大打出手，后来由于社会人员的介入，事态失控了。

曹君把我从人群中拽出来，说这儿人太多，先去事发地点看看。

那是一家再平常不过的体育俱乐部，占据着一幢三层高的小楼，硕大的招牌霓虹闪烁。门口的保安显然已经对不断到来的媒体不再感到新鲜，看了看我们的证件，就放我们进去了。

这里照常营业，生意火爆，二层的所有篮球场地都被占满。

只是地上血迹犹在，斑斑驳驳，触目惊心。

"冲了，但冲不干净。"清洁阿姨说。

曹君开始对着镜头讲话，我下楼，走到门口的保安身边，跟他一起，看着夜晚马路上流浪的车灯，拖成一道柔长的红色光影。

"您当天值班吗？"

"嗯。"

"当时来了多少人？"

"二三十个吧。"

"都拿刀？"

"每个人都拿。"

"能确定这些人是孩子母亲叫来的吗？"

"他们问那孩子的父亲，说姐夫怎么办这事，他姐夫说都孩子打啥呀。"

"然后呢？"

"孩子他妈就说：'你们给我砍，砍死了也不用你们管，我们都有人，就是杀了他也行。'"

十月的长春，夜晚已经很凉，比起南方的秋天，这里的秋天来得更为彻底。稀少的灰尘和汽车的鸣笛，随着一阵凉风而来，我竖起衣服的领子。

疼痛的呻吟、焦虑的面容、消毒水刺鼻的气味，交织在田浩昨天被送往的医院。但他住过的病房已经住进了新的病人，看不见一丁点儿留下的痕迹，而他不过是中午时分才从这里被拉走而已。

曹君轻车熟路地找到了科室。

穿着白大褂的医生坐在办公桌后，病历堆在桌子旁。曹君说明来意，医生略显不耐烦，但并不妨碍他顺利拿到一份手术记录。

大家在走廊的排椅上坐下来，细细看那页纸，我也伸过头去。

密密麻麻的小字，用极为浅淡的墨水，漫不经心地叙述着田浩的伤情。我用目光一扫而过，迅速捕捉到了几个关键词，显示身体部位"断裂"的字眼多达九处，"骨折"的字样出现了三次。

在此之前，曹君已经拿到了一份还未流通出去的视频资料，三十五秒。

三十五秒的视频里，田浩躺在病床上，伤痕累累，左手腕部几乎被齐齐斩断，只剩一点儿皮肤连接，右手腕的伤口也非常严重，头部有好几处刀伤，刀刀见骨，身上缠紧的绷带不停地渗出鲜血。

"妈别碰我，我浑身疼啊。"

"哪儿疼？"

"哪儿都疼，你别碰我了。"

我感到身体不受控制，四肢往回缩，背紧紧靠着墙，想要找到一个支点。

我们又驱车赶回了殡仪馆，那里聚集的人明显比之前少了。

曹君在灵堂里，找到了当时跟田浩一起打球的同学。十七八岁的少年，脸上还留着稚气，眼神中的慌张和惊惶让那些一米七八的大男孩儿们变得有些令人心疼。

"能跟你们聊聊吗？"

两个少年点点头，随我们走到外面的花台边坐下。

"谁先到的球场？"

"我们跟陈鹏。"

"那田浩呢？"

"他们后来。"

"怎么打起来的？"

"两边的人发生了身体碰撞，就打起来了。"

"谁先动的手？"

"没看清。"

与俱乐部保安叙述的平静不同，他们的回答显得格外隐忍。那大约是因为被悲痛兜头浇下，是命运给尚且年少的他们，一记沉痛的重拳。

"没关系，你就说你看到、听到的就可以了。你参与打架了吗？"

"我看到他们打起来了，就往前走了一步，被打倒了。"

陈鹏的眼角在厮打中受了伤，便立马拿起电话打给父母。十几分钟以后，陈鹏爸妈就开着一辆奔驰赶了过来。

"有人砍过来，我躲开了。田浩开始就挡，挡完之后就跑，但没跑得掉。"

曹君提问的速度很快，一环扣一环，严丝合缝。

男孩儿将头深深地埋入两手之中，那是极为血腥残忍的记忆。田浩就如一只任人宰割的羔羊，在数个成人的围殴之中，发出绝望的呼救。

背后的殡仪馆大厅里亮着清冷的灯，我不知道这样的提问，对于此时的他来说，是否显得残酷，突然有些于心不忍。

随后，是叫来打手的陈鹏家人将田浩送到了医院。

"陈鹏他妈是背一兜子的钱来的，当场拿了四万，说事就能解决，他家开煤矿，不差钱，就有钱。"另一个同学低头把一片落叶折成三折，回答我们。

走过最后一抹夜色，回到宾馆。

当天晚上，新闻就出现在当地的报纸和网站上。曹君也把采到的画面先传了一部分回台里，剪成预告片。据田浩家人和同学透露，陈鹏家庭背景殷实，网友很快就给他贴上了"富二代"的标签，一边倒地声讨着陈鹏家人令人发指的行径。我默想着事情的来龙去脉，觉得一切已经水落石出，兴许明日晚些时候，就可以打道回府。

神思不稳，睡得很浅，凌晨五点四十便醒来。

天微微亮，晨光顺着窗帘的缝隙溜进来，温温软软地洒了一地。

曹君急切的叩门声，生硬地打断我暂时的放松。我打开门，看见一张面带倦容的脸，但他讲话的频率暗示了，此刻他的大脑再次进入高速运转。

他双手托着一台电脑："昨天凌晨出了这篇帖子。"我瞄过标题，《陈鹏与田浩事件真实过程，如有虚假，天打雷劈》。发帖人自称是陈鹏的同学，事发时也在现场，我很快浏览完，看到田浩在里面，被形容成一个嚣张跋扈、有意找碴儿的"校霸"。就是这篇帖子，一夜之间迅速扭转了网络舆论的形势。有人说田浩仗势欺人，有人说他罪有应得。

就在我们准备出门采访的时候，另一篇跟帖出现了。

这篇新帖尽数田浩在学校的种种劣迹，诸如欺负女生，将其打致胃出血，他家也是"富二代"等等。

事件似乎愈加扑朔迷离，在种种不断浮出水面的说法面前，真相哑口无言。

我们赶到田浩家中，头天晚上还面对我们镜头的田浩妈妈和姐姐，此刻闭门不出，拒绝接受采访。

朴素的灰色居民楼，最寻常的防盗门，深紫，细看有些锈迹。敲起来，便知道只是一层铁皮，单薄而空洞。我们守在门外，几乎是跟他们喊话，但回应始终只有一个字："不。"偶尔传来剧烈的咳嗽，我把耳朵贴着门，听到痰卡在喉咙深处，浑浊的呼呼噜噜的声音。

走出小区，拦下一辆出租车，曹君问："师傅，可以抽烟不？"

"抽一支吧。"

曹君顺手也拿一支香烟给他。

摄像大哥也燃起一支。

三个男人就这么默然地抽着烟，车开过一闪即过的路口，开上不知名的高架桥，疾行在穿梭的车流里。

一夜未安眠，曹君的眼睛下面有月牙形的黑眼圈，面色寂然。我想起他说过，干电视这一行的辛酸，如今大抵能感受些皮毛。要是想要挣钱，这绝对不是条好路子。

它仅仅在很偶然的机会下，才让人名利双收。尤其是做调查记者，风里来雨里去，活脱脱一个新闻民工，拿的工资仅够养家糊口。自己的名字在节目片尾打了六年，但没人记得住，可是他喜欢穿梭在错综复杂的生活里，因为不同的调查对象，而活过很多种不同的人生。

我问他，到底相信关于陈鹏的消息，还是田浩。

曹君轻轻吐烟圈，说自己只相信真相。

真相是什么，能让人吃饱穿暖吗？

师傅推起"空车"的标志，付过钱，我们打开车门下去。

这里是田浩就读的中学，位于长春的闹市区。

怕行头太明显，曹君让摄像在校外等着，自己拿着偷拍机器，挡在外套下面，想要进入学校。

他谎称自己是学生家长，要去找班主任了解孩子的情况。门卫从值班室里拿出一份全校学生的花名册，照章办事的姿态："你孩子哪个年纪哪个班，叫什么名字。"

"妈的，这招太狠了。"曹君在心里悻悻地骂。

"你怎么不强行冲进去，电视上记者不都那么干吗？"等他走过来，我问。

"每一个决定牵扯的问题都很复杂，不能蛮干。校方拒绝，是出于自己的考虑。不要一遇上难题就硬碰硬，那种画面很热闹，没错，观众爱看，但并不是职业素养的体现，我们可以想别的办法。"

摄像大哥买了三根冰棍过来："降降火。"都十月了，降什么火。

我们在校外一直苦等，等到学生放学，汪汪地一波一波涌出来。

曹君三步两步赶紧追上前去，终于找到了田浩的同班同学。毛头孩子们面对镜头措手不及，说出来的话基本是条件反射，要不没听过这事；了解的人，都说他不过是老实的高三学生，偶尔调皮，但老师的话也都听，为人豪爽仗义，朋友被欺负就想去帮一把。

折腾了一圈，再次回到了那个体育俱乐部，篮球砰砰地在地面上砸出声响，像是蓬勃而有力的心跳。

我们仨坐在一个篮筐底下，面前那些年轻的身体，挣脱地心引力的束缚，轻盈地跳起，收束于一个漂亮的扣篮动作。

身后的人群一阵拍手叫好，场上的男孩儿们汗如雨下，脸色泛红，使劲儿的时候能看到凸起的血管。我下意识摸了摸自己的皮肤，摸了摸跳动的脉搏，也许这就是生命最温柔、最完整的体现。

我们在长春又待了一夜，事情变化的速度远远超过预料。

第三天上午，从警方那里得到确凿的资料，陈鹏的父亲并没有经营煤矿，只是煤矿开采相关设备的个体经营者，家境确实不错。但死者田浩的家庭并非如外界传言，有两家公司，不过是普通的工薪家庭。

在那段惨不忍睹的视频里，田浩不断地喊疼，特别特别疼。

就在之后的几分钟内，他的手臂开始渗血。医生说，大动脉折了，刚才没出血是因为血栓堵上了，这会儿就嗤嗤冒。

他临死的时候，连自己的父亲也没见上，医生一直做人工呼吸，其实心脏已经死了。

十几分钟，毁了两个家。积沙成塔难，让它坍塌却可以不费吹灰之力。

采访完成，曹君像突然想起了什么似的，转过头来。

"以后别再问别人，你相信谁。"

"嗯？"

"只有愚蠢的调查记者才问这种问题。"

他说起他刚干这一行的时候，见到有人哭就觉得他说的铁定是真的，有人给他塞好处费就觉得内情有猫腻。后来经历多了，也没那么傻了，哭可能是逢场作戏；而塞好处费，有时其实是绝望之中，别无他法的下策。他开始从各种眼神里看出真真假假、虚虚实实。

我一边唯唯诺诺地应着，一边又甩出一个令他始料未及的弱智问题。

"你觉得这期节目要得出什么结论？"

"为什么要有结论？"

节目的落点不是结论，也不是为了要解答所有的问题，它更多是一种呈现和还原，但不能将自己的判断强加给观众，不能粗暴地强奸他们的想法。

"可是，可以百分之百地还原吗？"

"几乎不能。"

钴蓝、湖蓝、靛蓝、碧蓝、蔚蓝、宝蓝、藏蓝、黛蓝、瓦蓝、湛蓝、锐蓝、水蓝、孔雀蓝，它包含着若干可能性，潜藏着人们了解或永不知晓的隐情。因此所谓的诚实，仅仅是一种局限性的诚实，尽管我们尽力去还原，但从理智或情感上，都做不到。世上没有绝对的真相，但我们可以无限追索，试图不断逼近它。像是面对一件精密的仪器，要用胆量、逻辑、专注、耐心、细致，去把它复原。

曹君完成一期选题的周期大约是一周，每次都冲锋陷阵全力以赴。周而复始，像神话里的西西弗斯，推着那块沉重的巨石，到了山顶又不可阻挡地滚落下去，一遍一遍地重来，从纷繁的细节入手，错与对，未知与已知，实话与谎言，融于一炉，必得以锐利的目光，穿过荆棘丛林的迷雾缭绕，抵达原点的真实。

我离开那个栏目以后，还常常去网上看曹君负责制作的节目。到了后期，他胆子越放越开，迎着那些重大选题逆流而上，手法愈加细腻，层层剖解，揭开一个又一个复杂的斯芬克斯之谜。

正如他所说，他并不能理解每一桩事件的全部，无人可以，但每一次理解、努力和尝试都不会没有意义，它构建着我们所处的时代，使我们成为我们。

厨房手记

　　爱会丢，会错过，会遗忘，会痊愈。那些我们爱着的人，可能离开；爱着我们的人，可能放弃。但一切都好，都是洗牌再来的机会。

　　那么，会有下一个人，在下一个厨房，等着她一起，重起炉灶。

　　人在国外生活，最难熬的一是孤独，二是食物。

　　自呱呱坠地开始，浸透整个身体的味觉记忆，变成作孽一生的紧箍咒，轻念几句，远方的游子就上蹿下跳不得安生。有时人们说思乡，其实是想念故乡的美食，想念围坐在一起大快朵颐的人，还有忙碌在厨房、赋予各种原材料人生第二春的幕后神秘者。

　　到荷兰以后，我认识了大春、丢丢和孟辉。

　　大春是我下楼丢垃圾的时候认识的，因为不知道分类的垃圾要送到哪儿去，我围着公寓楼转了三圈。大春那时正在楼下跑步健身，实在看不过我一圈一圈地绕下去，直接把我领到了垃圾站。

丢丢是在超市遇见的，那么宽敞的地方，她能分别在乳品区、罐头区和肉类区连续撞我三次，冒冒失失，慌慌张张，在货架之间奔跑着，像极了游戏里怎么躲也躲不过的小怪兽。

认识孟辉的场合最正常，系里新学期的酒会，他是亚洲政治的在读博士。

他们是我被"发配"到欧洲西北后，最熟悉的三个中国人。

过了俩月，我发现，我们四人竟然住在同一幢公寓，于是建了一个聊天群，把大家都拖了进去。还没自我介绍，丢丢第一句话便是："来我房间聚餐吧，我做菜很在行的。"

大春和孟辉忙不迭地在下面发各种灿烂的表情，又是撒花，又是吹号。

念大学的时候，新朋友见面都爱问，你哪儿人啊？如果来自同一个省，心理距离立马秒缩，要是住在同一个市，那紧握的双手、炽热的眼神，恨不得将对方揉碎在自己怀里。

大洋彼岸的情况也一样，只是省的概念泛化为国的概念，尤其是在莱顿这种中国人不算多的小城，更是有种自然而然的亲近感。一说起抱团做顿中餐吃，简直让人热血贲张，心潮澎湃，分分钟就能感受到祖国深情的召唤。

隔天是周五，我们仨一点儿不客气地去了丢丢那儿。

我第一个到，带了瓶红酒。大春来了，拿了瓶红酒。孟辉最后来，还没脱鞋："那个，我给你带了瓶红酒。"

丢丢白眼一翻："下次什么都别带，上我这儿来吃就好了。噢，不，你们得带上你们自己的椅子。"

公寓标准化配备，每个房间都是独立的单人间，椅子、桌子、床也都只适用于单人。

五分钟以后，我们哼哧哼哧地把椅子扛来了。

我跑到灶台一看，火锅！

红油汤底争先恐后冒着泡，打情骂俏，玩得正欢。

旁边摆着一溜配菜，羊肉片、肥牛、牛肉丸、虾丸、蟹棒、火腿，地方太小，素菜都放不下，被排挤到了书桌上。

"你哪儿搞来的这些啊？！"除了火腿，莱顿的本地连锁超市可没发达到囊括以上食材的地步。

"海牙唐人街的中国超市啊。"这姑娘，为了撺掇出一回像样的火锅，不惜坐火车跑去海牙。

丢丢是北方人，她那时不知道，我从重庆来，算是火锅的娘家人。传统的重庆火锅，九宫格，下的都是清一色的内脏，毛肚、鸭肠、鸡胗、腰片、黄喉、肥肠，蘸碟直接往粗瓷碗里倒香油，搁点蒜蓉、葱花就了事。从小话还讲不利落，就听了不下百遍火锅的由来，蘸麻酱、涮羊肉的路数，完全看不上眼。

丢丢疾风骤雨地从调料柜里拿出一罐芝麻酱，一罐沙茶酱，一瓶蚝油，一瓶生抽，一瓶鸡精，一袋五香粉，一袋白糖。

"我要开始调酱料了。"

挑起一片羊肉，卷起一小撮丢丢刚刚玩家家酒一样鼓捣出来的蘸酱，送到嘴里。

"噢！"我决定以后就跟着丢丢混了。

孟辉和大春二话不说，埋头苦干，吃得面红耳赤，额头渗汗。第一次聚会，好歹也得边吃边聊吧。

孟辉还好，三不五时还能从不断啮合的牙缝里挤出一句。大春平时堪称话痨，此刻却格外沉默。

我向他使了个眼色，总算开口了："丢丢，一年里，你最喜欢哪个月份啊？"这是哪门哪派的路数啊？！我半个丸子直接咽了下去。

丢丢也逗，答非所问："秋天。"

"我巨蟹座的，你哪个星座？"大春继续出招。

"天秤。"丢丢往锅里放了几朵香菇。

"噢，其实我也不是太懂星座。"

孟辉半截白菜卡在喉咙里，呛得脖子根都红了。

后来，几乎每个周末，我们都去丢丢那儿打牙祭。

荷兰靠海，集市上各种叫得出叫不出的海鲜多得不得了。新鲜三文鱼，买回来，粗犷地切成食指宽，配酱油芥末，像梅菜扣肉一样，每一块都是一床肥美的棉被。我们猜酒拳，输了的人一口干掉一块。荷兰人爱配着酸黄瓜水生吃的鲱鱼，她用来炖汤，味道咸鲜。孟辉连喝七碗，跑了一晚上厕所。一整只鱿鱼，她三下五除二改刀成鱿鱼卷，抹上酱料，放烤箱里稍微烤一烤，好吃得发慌，每次我都恬不知耻地打包带走一份，当作晚上备课的零嘴。

刀是公寓配的，钝得没救，切小鱼、小肉还行，遇上大家伙就戾了。超市里卖的多是净肉，而我们又偏偏爱吃带骨头的。也不是没得卖，只是排骨都十厘米长，猪脚从小腿连到蹄，带骨的鸡除了鸡翅鸡腿以外就是冷冻的整鸡。

因此，我们常常吃到很多硬菜。

丢丢做菜的手艺没得说，但有一个毛病，控制不好量。每次大家都吃得差不多了，发现还剩一半儿。头几回因为生分，为了表示对主人厨艺的认可激赏，全部硬着头皮吃到撑。在我们吃瘫在椅背上的时候，大春还锲而不舍地消灭着散兵游勇，直到盘子见底。完全是豁出去，舍命一把陪君子。

莱顿的春天来了，乍暖还寒。

我们照常去丢丢那儿赴约，一进门，只见她坐在一堆鱼虾肉菜中间，神情呆滞。

孟辉一下冲过去："丢丢，怎么了，是不是丧失对烹饪的热情了？"

"别闹！"我一把拉开他。

丢丢失恋了，男朋友比她小一届，俩人说好要一起来荷兰留学，她先一年过来适应环境，踩热地皮。这一年，她尽心尽力地辅导他考雅思，帮他改个人文书和研究计划，了解学校和专业信息，联系导师，事事亲力亲为，唯恐出了半点儿岔子。最后，人家收到了英国一所更牛大学的offer，不仅不来荷兰，还明目张胆提出了分手。

两个人相爱，要一起上进，共同变成更好的自己，否则就没有未来。没错，但一切的前提是，不要遇上痴心女子负心汉的剧情。

"谁年轻时没爱过几个渣男。"孟辉长叹一口气。

站在门边的大春，脸色铁青，一言不发地走过来，把丢丢扶到沙发上坐好，然后，捡起那些食材，走到了厨房。

丢丢从始至终都没哭，讲起那些过往的时候也是面无表情，一口气说完后，一头栽在我肩上，双手冰凉。

据说在大陆极北的地方，常年冰雪覆盖，有一种武功叫作寒冰掌。寒冰掌威力巨大，被击中者，如冻僵在雪地，反应迟缓，任人宰割。她仿佛就是被这寒冰掌取了小命，寒到凝结了眼泪。

厨房的水龙头响了，过了一会儿，传来开火的声音，然后是铲子和锅碰在一起的叮叮当当。五分钟后，油烟弥漫了整个屋子。孟辉边咳嗽边冲进厨房："开抽油烟机，开窗！"

菜上桌了，大春全盘操刀。

西兰花虾仁，黑椒牛肉粒，番茄豆角，黄瓜鸡蛋汤。

丢丢也不动筷子。"丢丢，我先替你尝尝啊！"

我夹起西兰花放进嘴里，"咔嚓"，中间是生的。

牛肉也是，还带血腥味，我一下子吐了出来。

据说豆角没炒熟有毒，直接跳过。

然后是鸡蛋汤，这总该没问题了吧？我一嚼，嘎嘣脆，蛋壳还在里面。

看来这饭明显是吃不了了，我放下了筷子。

"不好吃吗？"丢丢开口了。

"没有，你不吃，我陪你。"

她拿起筷子，也夹了一块西兰花。"咔嚓、咔嚓、咔嚓"，听起来像某种鼠类在进食。

我的心都提到了嗓子眼儿，唯恐她怒火中烧，站起来把桌给掀了。

"好吃！大春，给我盛饭。"

大春赶紧接过碗，像太后身边的随从，脚步迈得那叫一个灵巧。

孟辉看呆了，也不知道该说啥。"那什么，丢丢，别难过，身体是恋爱的本钱，好吃你就多吃点儿啊。"

整个过程，我跟孟辉都没再动过筷子。丢丢和大春也不说话，风卷残云，丢丢两碗饭下肚，大春吃了四碗。

丢丢整整一个月没心思做菜，我跟孟辉那段时间都出奇的忙，忙完也懒得动。听大春说，他偶尔去给丢丢做两顿，也不知做什么，做得怎么样，但我跟孟辉都不抱什么指望。

一到周五，四个人就聚集在学生食堂，大眼瞪小眼。

学生食堂比麦当劳的店堂还小，自助式取餐，最后结算。

走进去，先是三明治，接着是两桶汤，永远黏糊糊的，咸到齁。然后是各种炸物，外皮都是金灿灿的面包糠，里面裹着肉块、肉泥或者奶酪。最后是几盆沙拉，两罐酸奶，以及各种杂粮面包，盒装牛奶和各种饮料。

除了用单调乏味来形容，大概就是惨不忍睹了。

荷兰学生都习惯买杯酸奶，大方地拿出自带的面包和蔬菜，想起丢丢以往一盘又一盘辉煌的大作，糖醋排骨、香辣虾、啤酒鸭、酸汤鱼、锅包肉、麻婆豆腐、酱茄子，真是令人倍感骄傲，而此情此景，又不得不使人泪眼婆娑。

丢丢胃口不好，整个人瘦了一圈。但我们每个人，在她失恋前的几个月滋养下，集体丰腴。最夸张的是大春，胖了三十斤。

"要不明天咱们包饺子吃吧？"大春说。

我跟孟辉支支吾吾。"就这么定了！"丢丢的回答掷地有声。

春天过去一半，楼下的草丛里星星点点长出好多小黄花。

大春起了个大早，买回猪肉和白菜，用那把钝得从指头上拉过都割不破的刀，剁了一天的馅儿。原以为他会去亚洲超市买冰冻的饺子皮，没想到面也是自己和的，皮儿一张一张，慢工细活地擀出来。

一米八，二百斤的大汉，蜷缩在一张弱不禁风的凳子上，专注地捏着褶儿，漂亮得像少女的裙边。

我惊了，孟辉也惊了，丢丢看着我俩："傻站着干吗，帮忙去啊。"

四人齐心协力包完了一百二十个饺子。

水滚了，锅盖被水蒸气顶得噗噗作响，有节奏地左颠右跳。

下饺子，加冷水，沸三次。

孟辉先试，饺子皮从他牙齿之间挣脱出来，嗯，很筋道。馅儿在他嘴里回旋，品味，我死盯着他的眼神。是讶异？震惊？满足？

着迷？

久违的热络随着饺子的香气在房间里流窜，孟辉拍手叫绝："大春，有你两把刷子！"

白面粉还沾在大春脸上，他"咯咯咯"笑起来，肉叠在一起颤。

这一个月，他每天在家钻研菜谱，观摩教学视频，厨艺突飞猛进。

每次上楼给丢丢做饭，大春都至少在家里操练五次。

有一回我在家备课到夜里十一点，体能不知不觉耗尽，饥饿感不请自来。打开橱柜，悲催地发现零食耗尽，忘了及时补给，给大春打电话，能不能行行好，援救一个如花似玉、饥肠辘辘的少女。

大春屋里燃着一盏暖黄的小灯，灶台热腾腾的。他过来给我开门，嘴里还念叨："一勺料酒，两勺酱油，三勺糖，四勺醋，五勺水，妈的，我刚加到第几勺了。"他双眼喷火地看向我，"你要对这盘菜负责。"

灶小，锅也小，一共两个炉头，每次最多只能煮四十个饺子，每锅二十个。

头锅饺子格外香，丢丢跟上炕一样，豪情地蹲在沙发上，一个接一个往嘴里喂，感觉都不带嚼的，整个吞。

大春突然放下筷子："丢丢，我很心疼你，我喜欢你，做我女朋友吧。"

这是哪个门派的路数啊？！我半个饺子直接咽了下去，心里呐喊着："丢丢，快收了这个胖子吧。"

"我不要。"

孟辉半截饺子卡在喉咙里，呛得脖子根都红了，心里嘀咕着："大春啊大春，这比第一次见面不聊天还尴尬啊！"

丢丢面不改色心不跳，放下碗筷。

"你们知道我为什么做菜做得那么好吗？"

"他说过，他喜欢做菜好吃的女生，所以那是我对他爱的表达。从口腔进入，变成能量，流遍他身体的每个角落。"

"我把自己和他，都养得很胖。"

"那种饱满、实在，每一个细胞里都充盈着幸福的感觉。"

"我以为那就是爱的模样，但我错了。"

"这段时间，我一刻不停地感受着饥饿。"

"饥饿是胃里空无一物，胃壁痉挛的疼痛，是到了半夜，想起万千美食却不敢吃的无助；是路过亮着灯的饭馆，不敢推门走进去的怯懦；是在超市看到新鲜的蔬菜和肉类，在头脑中把它们烩成一锅绝世美味，却不敢下手做的脆弱。"

"美食与爱被我牢牢捆绑，触动其中一个，另一个就连带着撕扯着疼。"

"懂得美食的疗愈功效，你只感受到了爱的一半。另一半，要等你瘦下来才知道。"

"饺子不够吧，我再下一锅。"

大春走到灶台前，白气蒸腾起来，恰好掩盖住濡湿的眼眶。

大春又开始在楼下跑步，一圈一圈，早一次晚一次。

每天早上出门扔垃圾的时候，都能跟他碰个正着，顺手把垃圾递给他："大春，来，负重训练。"他就跑到垃圾站帮我把垃圾丢掉。

他每天只吃一顿清水煮菜，连盐都不搁。

咬牙一坚持就是三个月，不仅把长出来的三十斤减了下去，还多减了十斤。

荷兰几乎没有真正的夏天，过完春天，路过几个艳阳天，秋天就迫不及待地来了。

"阳澄湖的蟹应该卖脱销了吧。"丢丢想，那又怎样呢？反正也吃不到了。

暄气初消，河水漫涨，月圆星皎，广场上的鸽子被好心的人们喂得心宽体胖，飞不起来。

"来我房间聚餐吧，我新研发了几道好菜。"大春这家伙底气越来越足了。

孟辉跟我都等着看他再次出手的好戏。

结果，吭哧吭哧搬着椅子去了，房间里只有大春一个人。

果然每个胖子都是一支潜力股。几个月的健身，效果显著，大春的肌肉线条重出江湖，上身穿着深灰紧身T恤，下身是宽松的条纹亚麻长裤，一条褐色围裙挂在胸前，轻轻在身后挽了个结。从背影看过去，简直是美好家庭煮男的不二代表。

"丢丢呢？"

"就我们仨。"

"怎么了，丧失追她的热情了？"

"等我十分钟，菜马上就好。"

干贝炖蛋，泰式酸辣虾，蒜蓉排骨，上汤白菜。

干贝饱满扎实，鸡蛋滑嫩可口；虾的火候把握得分毫不失，刚熟就捞起来，过凉水，拌酱汁，腌了一个下午；排骨入口即化，不必吃得龇牙咧嘴，风度全无；白菜清雅，如芙蓉出水，带着两分通透和羞涩。米饭特意在电饭锅里多焖了五分钟再盛在碗里，香气正浓。

"我不打算追丢丢了。"

这是哪个门派的路数啊？！我一大块排骨肉直接咽了下去。

"我看到了不该看的东西。"

孟辉半截白菜卡在喉咙里，呛得脖子根都红了。

大春所谓的不该看的东西，其实是丢丢的"海外生存菜谱日记"。

他去帮丢丢做菜，顺带帮她打扫厨房，这本日记就跟调料搁在一起，他以为是本杂志，翻看才发现。

"她把每天做的菜以及烹饪的步骤，都细细写在里面。失恋那天以前，后面还附带着她的心情记录和兴之所至画下的插图。

"失恋那天以后，日记还在继续，但是只有菜名，没有步骤和心情了。

"做菜是她爱一个人的方式，我不是那个人。"

噢，形单影只的厨房，却是为了有故事的远方。

爱一个人时，努力往往是不计结果的，上刀山、下火海，飞到外太空，潜入海底三万里。

丢丢拼尽全力去护佑爱，却发现成熟与凋零。盛情与绝情，不过一墙之隔。压弯枝头的硕果会从此散失，贯穿春夏的海誓山盟会葬身土壤。

月满则亏，水满则溢。

爱啊，是要让他吃得七分饱，刚刚好。

丢丢失了恋，才明白，饱与饿，画作爱情的全部模样。她也会明白，节气物候，四季流转，不是只有秋天才动人。

爱会丢，会错过，会遗忘，会痊愈。那些我们爱着的人，可能离开；爱着我们的人，可能放弃。但一切都好，都是洗牌再来的机会。

那么，会有下一个人，在下一个厨房，等着她一起，重起炉灶。

黄金总

"你不要去接近世界，要接近自己，去相信你是一个能给他人能量的
人。你很独特，也很难得，在经历了那么多以后，依然保持着真诚的内
心。你要守住心中的真诚，因为这种人已经不多了。一点点的真诚无足轻
重，但很多很多的真诚是致命的，能将人一下子击中。"

黄金总一开始，让我怀疑是个骗子。

他是朋友的朋友的朋友介绍的，拐了三道弯。

那时我刚从荷兰回来，积累了好几万张照片，好几万字的旅行日记，
纯粹是无头苍蝇式地联系了一些编辑和出版社，想要看看，有没有人愿
意埋单出版。

不确定成功的可能性有多少，便也没在这件事上投放太多精力，那
些旅行故事没经过什么打磨，就大剌剌地拉出去见人了。

图文先发给了他手下的编辑，编辑拿不准，就交给他看，之后，就决定要约我谈谈。

由于完全不了解"敌情"，出门前，我把编辑的微信号码、电话通通给了室友，万分叮嘱，要是晚上十点还不见我人影，就给我打电话；如果打不通就报警，多半是出事儿了。

室友一脸狐疑，惊讶地看着我脸上英勇就义的神情，潇洒地摔门而出。

黄金总带着我们去了一家高级法国餐厅，刚在欧洲浸淫了一年，觉得国内百分之九十的西餐厅都是瞎扯。食材不对，烹调方式不对，口味不对，除了可供提升逼格外，简直是对味蕾与胃肠的双重折磨。

但身在江湖，总得昧着喜好赴一些不得不赴的局，见一些兴许会带来新转机的人。虽然一直觉得自己不像个真正的大人，到了要为自己人生谋出路的阶段，还没学会一套混迹江湖的刀枪棍法。

黄金总跟餐厅老板熟识，菜单都不看，直接替我们做了主，果然是霸道总裁的气场，紧接着转入正题。

"你写的我看了，在香格里拉蒸桑拿的时候看的。"

说完又连忙解释："唉，我很忙的，作者的样稿我都是那个时候看。"翻出微信，把手机递给我，上面全是连成片的稿子。"你写的东西呢……"

"不太好。"我抢过话头，反正自己把丑话讲出来，就不怕别人奚落。

"唉，你说得对，根本读不下去。"黄金总眼神很笃定。

心中的神兽酣畅淋漓地奔腾了起来，我大笑，但我猜想，那笑一定不太自在。

"不过，你结尾的部分，有一句话打动了我，所以呢，我让编辑约你出来谈谈。"

接着，他完全掌控了谈话的主动权，开始对我进行全方位剖析，什么完美主义者，注重细节，固执、倔强云云，听得我一愣一愣，不少说得倒还挺准。

"你先写两篇出来看看，如果可以，就接着往下写，赶紧把这本书做出来。"

一周后，我发给他一万字的稿子。

他看完，急切地打来电话。我没接上，他又迅速转到微信："接电，接电。"大概太忙的人都这样，说话都只说一半。

没等我回复电话就又打了过来："这两篇都很好，很有意思。"

信心备受鼓舞，回去又是一阵拼命。过了两天，不知道被哪股风吹得晃了神，他又转念，觉得风格和结构都要再斟酌。

我们在路线方针问题上产生了分歧。

我和编辑站在一边，他站在另一边，问题退回到起点，到底写什么，写成什么，争论得很厉害。

写东西的节奏停滞了下来，那种摸不着北的感觉很不好。有了方向，文字应该是朝外涌的，而找不到方向，就只能像挤牙膏一样费劲。

我的方向是什么，莫衷一是。

黄金总的意见一波接一波，有天给我分享了八个视频："你去看看，这几个哥们儿，我太欣赏了，把别人不敢讲的东西批得体无完肤，还特别有道理！"过两天，开车路过我们学校，又给我捎几本书："你看看，明天晚上我们通个电话，谈谈你对这几本书的看法。"

等我真有想法想跟他谈谈，他又扯东扯西，不挨重点。

我觉得这事大概会这么拖下去，然后无疾而终，正如我起初预料的那样，他就是个，嗯，骗子。

过了几天，黄金总电话又打来："周六碰头，谈合同。"

他总是如此，在你最绝望的时候丢来一朵希望。

我一听"合同"就振作了起来，这两个字带着甜甜的糖霜味，还有白花花的银子的气息。

下了课就风尘仆仆往北三环赶，因为没来得及吃午饭，饿得无心看风景，不断想起食堂的猪肉白菜水饺，配一小碟醋和红油辣子。

秘书在公司门口等我，拿出合同，指点着我在几页纸上画了押，接着把厚厚一沓钱推到我面前："我们老板说，你还在念书，生活不容易，所以破例，预先支付你这些，剩下的交稿以后再补。"

苍天在上，我看着那鲜红鲜红的一沓人民币，觉得世界一下子美好极了。

黄金总就这样，成为我贫苦校园生活的现金源。

自从签完合同，黄金总就变得神龙见首不见尾。

偶尔把我新写的东西给他看，也几乎不回应。

写作是一件自闭的事，中途灵感阻塞的时候，独坐在电脑前面，一整天都憋不出几段话来，叫破喉咙也没人救得了，非得把自己从里到外翻开来不可，抽空气力。

有阵子，编辑主动来找我，问我是不是找不到感觉。

我心想还好啊，她说漏嘴，原来是黄金总授意她来关心，后来才知道，其实我发给黄金总看的稿子，他全都看，看到文字之间的流畅或淤塞、欢欣与委屈、平静与波澜，折射出我内心的动荡。

我一直问自己，什么才是理想的故事？

尽管各家有各家的说辞，但一个写作者必须建立起一套自圆其说的体系，才能不零落、不惶惑。而那时我心中的体系模糊，不清晰，没有把握，所以摇摆不定。

比如我常向他倾诉，觉得自己写的东西太多分寸感，放不开手脚。

黄金总每每到这种时候，态度都异常坚决。

"你不要去接近世界，要接近自己，去相信你是一个能给他人能量的人。你很独特，也很难得，在经历了那么多以后，依然保持着真诚的内心。你要守住心中的真诚，因为这种人已经不多了。一点点的真诚无足轻重，但很多很多的真诚是致命的，能将人一下子击中。"

他喜欢把日程安排得严丝合缝，遇上工作之间的短暂空当，就打来电话约着聊聊。那次临时说出去喝茶，我正好有空。

地点不远，紫竹院，错开上下班高峰，公交车二十分钟就能窜到。黄金总已经沉浸在茶香里，就着些茶点，背景音乐咿咿呀呀唱着戏。风提着一堆落叶跑过，盆里的花，地里的青草，京城空气里的雾霾，朝着一个方向，轻轻晃。

他全然不谈工作，扯些生活小事。

去年，黄金总刚有了女儿，浪子性情一千零八十度大逆转，从前觉得世间没什么可以牵扯他的东西，现在不一样。在外面陪客户谈生意，要是女儿让他回家，他就可以抛下一切回去，一把抱住她，任她揪头发扯耳朵，胡拍乱打。

角色的转换让他体会到父亲对女儿的拳拳之心，恨不得把自己的一切都给她，用最大的能量去保护她，变作日夜不熄灭的灯塔，唯恐她看不清脚下的路。但一个男人，又有属于男人的沉稳尊严，表面上还得把持着，不能太过矫情，乱了戏码。

我突然感到这个男人在我面前的形象丰富起来。

他从来不告诉我具体的写法，唯一的要求就是"好好写"，导致后来一听到"好好写"，就有点儿反胃。因为这三个字不提供任何解决问题的办法，反倒在我绷紧了神经的时候，显示出一种旁观者的轻松。

就像另外三个他常挂在嘴边，同样令人毛骨悚然的字："慢慢来。"

事实证明他是对的。

直接把我扔进自然里去生长，如果长出来跟旁边的植物一样，那就只是个失败的复制品。他要保证我的独特与自我，避免走向歧途的可能，至于最后长成什么样，交给时间。

但认真而踏实地生长，总不会太差。

从夏天的末梢写到冬天，记忆的肌理在付诸文字的过程中，一点点清晰、充盈、饱满。

我慢慢厘清一个一个真切出现在生命里的人和发生在他们身上的故事，一点儿一点儿攒起和过往稀疏的关系。放开胆子，又持续谨慎，字斟句酌，害怕讲述若是太糟糕，会毁了那些好故事。有时置身狂欢，有时放逐孤独，像是一场郑重其事的怀念，带着些插科打诨。

个人生活的起起落落，写作中的升沉跌宕，我感到一个山头一个山头地，慢慢翻过去。

黄金总开玩笑说："你走路的背影传递出来的感觉都不一样了，中间那段煎熬的时期，你看起来都衰老了好几岁。"

我相信他说的。我们热爱操纵表情，但忽略了背影，于是，潜意识从那里不经修饰地流淌出来。

每写一段，因为太过沉浸，我都会连续几天梦到相似的场景。像是一次面向过去的漫长告别，令人如释重负，又怅然若失。

临到交稿，满心以为大功告成，没想到，这却是我们前所未有的分歧开始。

黄金总在出版行业摸爬滚打多年，论经验，论见识，都比我充足，而我偏是不畏权威，坚持着那些自己认定的东西，怎么也不妥协。

争执归争执，我从不借助发脾气来跟他正面交锋，一边温和平润地回应，一边死守底线不让步。

黄金总无奈，每一句气话火力十足地扔过来，到我这儿都像触了松软的棉花垫，陷进去，消失得无影无踪。

　　吵也吵不起来，他憋屈得在电话那头摔稿子，纸张跌落在宽大的桌面上，脆生生的，他甩出撒手锏，说结完稿费不干了，我还是不示弱。

　　面对金牛座的绝顶固执，他竟在气头上朗然而笑，前嫌冰释，把桌子一拍："你啊，信不信，三本之内，必成大器。"

　　反反复复，经历艰难的孕育，我们总算将作品送进了产房。

　　即使在这段日子的疾风骤雨之后，我们相见，也不过是对视一笑，像是打过硬仗的战士回望当年，轻描淡写不值一提的口气，但谁都心知肚明，彼此为之付出的气力。

　　我一直没亲口向黄金总言谢，他也从不讲那些台面上的虚情假意，我们都实打实地希望，书能卖得好，好得一塌糊涂，无愧于过去付出的所有心血。

　　很多事表面看来靠机缘、靠运气，无心插柳柳成荫，实则靠着滴水穿石的坚持，甚至鲁莽的冒险主义，直到花开月明，瓜熟蒂落。

出版 / 后记

　　初识乃书，是她的文字和照片，粗略扫过，觉得不过美女一枚，并无多大才华可言。没想读到末尾，那句收梢的话让我眼前一亮，便有了让她新写两篇看看的念头。

　　一周后，我打开她发来的小珍珠的故事，手机差点儿滑脱。

　　惊艳！

　　这是我读完的第一感觉，自此永远收回那句"无多大才华可言"的评价，立马签约！

　　尽管既不是"豆瓣"红人，也非某热门 APP 的作者，但出身北大，中文系的扎实功底赋予了她独特的文风与气质。写通俗文学的人不一定能写严肃文学，但写严肃文学的人写起通俗文学来，一点儿也不输阵。

　　后来，聊得愈多，愈发觉得这姑娘是个怪人。说她怪，倒不是性情乖戾，行为古怪，而是她的选择令常人讶异。比如，高考那年，她放弃了提前半年保送清华的机会，愣是要自己应考。再比如，正当她的事业在国内开始走上坡路之时，决定结婚生子，去泰国定居。我老劝她别当炮灰，但她永远不相信自己会变成炮灰，即使成了炮灰，也有从头再来的勇气跟魄力。

倔强、固执，这个金牛座的姑娘让我吃了不少苦头。平时随和，一谈到工作上的事，极有主见，自己认定的东西很难妥协，但每次争执又从不发火，总是在我们数不清的争论中，成为坚持到最后的赢家。

不只是美貌与才华，我发现，她性格上的这种坚韧令人尤为欣赏。

在出版界这些年，经由我策划销量上十万的书二三十本，当我看完这本书的全稿，毫不迟疑地向她夸下海口，这会是一本畅销书，一本和十年前的《盛夏光年》一样，同行不放在眼里，却成为一匹黑马，创造了出版奇迹的书。

近年来，出版市场充斥着大量所谓"接地气"的作品，让许多纯文学的作者没了出路，但两者之间并非隔着一条无法逾越的鸿沟。这本书是一个结合，一种尝试，一次转型，甚至是一把赌注。我相信，当年的《盛夏光年》以小众文艺的身份取得了大众认可，那么纯文学作者也理应在大众市场上获得原本就属于她的价值。

书中故事的主人公，是你我生命里皆可能遇到的普通人，但每个人的身上都有着那么点儿拧巴却让又人不得不暗暗佩服的地方。我想，这些故事不应仅仅停留在书里，它应当有更大的舞台，更大的施展空间，用更丰富的表现手段来演绎，请期待它们在电影或电视荧幕上与你不期而遇。

感谢陈亚豪和里则林先生的推荐，祝北大才女新书大卖，母子平安，宝宝健康成长。

孙业钦